復讐総会
江上剛
Egami Go
新潮社

目次

復讐総会　5
奪われた志　79
名誉ある死　127
堕ちた歯車　181
家業再興　227

カバー写真　ＰＰＳ通信社
装幀　新潮社装幀室

復讐総会

「警視庁暴力団対策課」は平成十五年五月一日現在、「組織犯罪対策課」に変更になっていますが、この小説では以前の名称を使用しました。（著者）

復讐総会

1

墓石を雨がぽつりと濡《ぬ》らした。見上げると、鉛色の雲が命を得たように蠢《うごめ》いている。その中から一筋、槍《やり》のように落ちてきた雨滴が、勇次の額《ひたい》を打った。

里美は空を見上げ、傘を広げようとした。その途端に、降りが激しさを増した。慌《あわ》てて傘を一杯に広げた。色鮮やかな花模様だ。薄暗くなった景色が一瞬、華やいだ。

「濡れるよ」

里美が勇次に傘をさしかけた。

勇次はじっと墓石を見つめている。先ほどまで白く乾いていた墓石は、濡れそぼち、薄墨《うすずみ》色に変わっていた。傘を打つ雨音がうるさい。

「世の中、変わったわね。東大を出て、役所の偉い人になったのに勇次と同じ仕事をやる人が出てくるのだもの」

最近マスコミで注目を集めているキャリア官僚出身の投資ファンド経営者のことを、里美は言っているのだ。

「何もかも変わったよ」

「どうして東大出は捕まらなくて、勇次は捕まっちまうのかね。やっぱり、学歴のせいなのかねえ」

「姉さん、ばかなことを口にするものじゃないよ。こっちは総会屋だけど、あの人は投資家なのだから」

勇次は苦笑した。

「そんなものかねえ。わたしの目には同じに見えるけど……」

里美が不満な顔で呟《つぶや》いた。

藤本家累代之墓。ここに麻由美が眠ることになる。

「かわいそうなことをしたね。これからってときに、自分から命を絶っちまうなんて……。悔しいよ」

里美が握り締めたハンカチで目頭を押さえた。勇次を濡らさないようにと傘をさしかけているため、里美は肩から腕にかけて容赦なく雨に打たれていた。

麻由美は二十四歳で自ら命を絶った。勇次のたった一人の娘だった。マンションの浴槽に湯を一杯に満たし、そこに体を沈め、睡眠薬を飲み、手首を切った。浴槽の外にだらりと下がった腕から大量の血が流れ出て、真っ白なタイル張りの浴室は朱に染まった。血を失った肉体は青く透き通り、捜査員が息を呑《の》む美しさだったという。

遺体発見当初は他殺も疑われたが、特段の不審な点もなく、自殺として処理された。遺書も残さず、何も告げず、突然に死んでしまった。

手の中に素焼きの骨壺《こつつぼ》がある。蓋《ふた》を開けると骨が入っている。麻由美の骨だ。

勇次の娘とは言っても、一度も一緒に暮らしたことはない。彼女が生まれた時、勇次は恐喝で三年の実刑判決を受け、服役しなければならなかった。妻の麻江《あさえ》は彼女を産むと同時に、まるで入れ替わるように死んでしまった。あっけない死だった。無事生まれたよ。女の子だよ。そう耳元で告げると、笑ったような気がしたが、錯覚かと思えるほど薄い笑顔だった。勇次は姉の里美に彼女を預けた。子供のいなかった里美は、喜んで養女にした。

以来、麻由美は里美と夫の藤本幸太郎の娘として育てられ、勇次は叔父になった。彼女には父親と名乗ったことはない。前科者の勇次が父親であるより、普通の暮らしをしている藤本幸太郎の方が、父親に相応《ふさわ》しい。そう観念して、遠くから彼女を見つめていた。一度も父親らしい振舞いをしてやれなかった。それが今となっては勇次の大きな心残りだった。

「あんたが警察のご厄介になっていなかったなら、あの娘《こ》の父親だと名乗っても良かったのに……」

「……」

「あの娘はうすうす気づいていたんだよ。誰が本当の父親なのか」

雨が傘を打つ。足元に流れができていた。

「本当だよ。目もとの涼やかなところなどは、あんたにそっくりだもの。わたしたち夫婦も、いつ本当のことを言おうかと迷っていたところだった……」

里美は力のない声で言った。

「済まない」

「謝ることはないさ。あの娘には楽しい思い出を残してもらった。優しくて、思い遣《や》りがあって、本当にもったいないような娘だった。ちょっとはにかみ屋さんで、小さいころは市松人形みたいだった。今日からはその思い出を頼りに生きていくさ」

市松人形という言葉に、麻由美の漆黒《しっこく》の髪を思い出した。黒く艶光《つやびか》りする髪は、彼女の涼しげな顔立ちを一層引き立たせていた。妻の麻江と瓜二つだった。

「本降りになってきた。そろそろ骨壺を納めておくれ」

里美に促され、手に持った骨壺を墓に納める。そのとき、壺の中から骨を一片取り出し、背広のポケットに入れた。里美には気づかれなかった。どこの骨かは分からない。小さな骨だから、麻由美があの世で困ることはないだろう。

墓前に、麻由美が好きだったローズマリーの鉢植を供えた。このハーブの甘く強い香りは、人を元気づけてくれる。いずれは鉢から溢《あふ》れるまでに生い茂り、あたり一面に香りを漂わせることだろう。

セレモニーホールのティールームに入った。

雨は止む気配もなく降り続いている。

「涙雨かねえ……」

里美が哀しそうな顔で窓を見ている。随分老《ふ》け込んだ。麻由美を失った悲しみが老いを加速している。

「勇次……」

「なんだい」

「もう碌《ろく》でもないことはよしとくれよ」

勇次はつい最近、刑務所を出てきたところだった。里美はそのことを言っているのだ。帝都食品という東証一部上場の食品会社に対する強要罪で、二年の実刑判決を受け、服役していたのだ。犯罪事実は極めて下らないものだった。

呑み代の付け回しが罪に問われたのだ。銀座のクラブで、帝都食品の総務部員と酒を呑んだ。

「ここはお任せ下さい」と帝都食品。

「悪いねえ」と勇次。

いつものことなのでそのまま相手に呑み代の払いを任せた。気にも留めなかった。これがいけなかった。

株主総会のシーズンが近づくと、警察は一斉に総会屋を逮捕し始める。どんな罪でもいい。総会屋を逮捕しなければ仕事をやっていないと批判され、予算さえ削られかねない。株主総会を控えた企業に睨《にら》みをきかせたいという狙《ねら》いもある。

この呑み代の付け回しが、事件を欲しがっている警察の目に留まった。警察は帝都食品の総務部員を呼び出し、総会屋に酒を奢《おご》るのは利益供与になるぞ、と締め上げた。

しかし、総会屋に酒を奢ったくらいのことで大手企業の社員を逮捕しようとは、端《はな》から思っていない。もしそんなことをしようものなら、捜査員は逆に上層部から叱責《しっせき》されてしまう。大手企業、それも東証一部上場企業を罪に問うには、それなりの事件が必要だ。

「お前ら、無理やり奢らされたんだよな」と警察。

「そりゃ、当たり前ですよ。誰が、好き好んで総会屋となんか酒を呑みますか」と帝都食品。

「怖かったのか」

「ええ、酒を奢らなければ、何をされるかわかりません。木下は恐ろしく切れ者ですから」

ある日突然、警察が勇次のマンションにやってきた。

「罪名は？」と勇次。

「強要罪だ」と警察。

耳を疑った。罪名の漢字さえ浮かばなかった。しかしすぐに悟った。株主総会という祭りが近い。生贄《いけにえ》にしやがったな。腹の底から悔しく、怒りがふつふつと湧《わ》きあがった。

「悪いな。今年はお前の番だ」

捜査員が呟いた。この言葉を聞いた時、勇次は諦めた。今回は自分の番だったのだと。

「あの時は驚いたわ。父親が娘の勤め先を強請《ゆす》ったのだものね。他人様には聞かせられない話だった」

里美が哀しそうな顔で呟いた。

何を言っても、いまさら仕方がない。帝都食品は麻由美の勤務先だった。勇次が就職の口を利いたわけではない。帝都食品に勤めたことは彼女から直接聞いた。弾んだ声だった。

「叔父さん、就職が決まったわよ」と麻由美。

「よかったね、どこなんだい」と勇次。

「帝都食品よ」と麻由美。

「それは凄《すご》い、一流企業だ。よかったな」と勇次。

里美が恨めしげな目で勇次を見つめ、

「あんたが総会屋なんかやっていなかったら、一緒に暮らせたかも知れないんだよ」

「わかった。いまさら手遅れだけど、足を洗うさ」

勇次は窓に顔を向けた。

総会屋を定義すれば、「株主として権利を行使する際に、企業を脅すなどして、不当な利益を得ようとする者」ということになる。たとえば、株主総会でスキャンダルを暴露するぞ、などと会社を脅して、金品をせしめる連中のことだ。

総会屋は正式な職業ではない。職業別電話帳を探しても、どこにも総会屋の項目はない。勇次も日本情報社という調査会社の代表ということになっている。多くは出版業やジャーナリストを名乗る。中には飲食店や学校の経営者もいる。

何が総会屋と一般の株主とを分けているかと言えば、警察が総会屋と認定しているかどうかだけだ。一度でも警察に総会屋と認定されれば、たとえ自主廃業しようが、どこまで行っても総会屋というレッテルから逃れられない。昔、国会議員になった総会屋がいたが、それでも彼は警察から見れば依然として総会屋だった。

「必ず総会屋稼業から足を洗う」

勇次は繰り返し、言った。コーヒーを口に含む。すっかり冷たくなっていた。本当に足を洗えるだろうか。勇次が廃業を宣言しても、警察が認知してくれなければ意味がない。

「勇次、これを渡しておくよ」

里美は赤い小箱を見せた。

「何？　それは……」

小箱を受け取ると、蓋を開けた。透明な緑の石をはめ込んだ指輪があった。

「エメラルドだよ。あの娘の部屋から出てきた物だけど……。いい人がいたみたい」

「いい人、というと」

「婚約者。エメラルドって、五月の誕生石なのよ。あの娘は五月生まれだから、その指輪は婚約指輪じゃないかと思うのよ」

「麻由美は婚約していたのか。それは本当か？　何故、教えてくれなかった」

勇次は責めるような口調になった。

「……知らなかったのよ」

里美は消え入るような声で言って、横を向いた。その顔に当たるように、雨がガラス窓を打ち続ける。里美がハンカチで目を拭《ぬぐ》った。

「麻由美は婚約をほのめかすようなことでも言っていなかったのか？」

「誰かと付き合ってるのと訊《き》いたときに、今はその時期じゃないけど、そのうちに話します、と言ってたわ。笑いながらね」

里美はハンカチで顔を覆って泣き伏してしまった。声にならない。嗚咽《おえつ》に肩が揺れている。

指輪を手に取って眺める。透明な緑の石。シルバーのリング。アルファベットの刻印がある。目を細める。M&M。麻由美のM？　もう一つのMは……？

「姉さん。ここにM&Mって彫ってあるけれど、なにか心当たりはないのかい」

里美は顔を上げ、涙を拭いながら、首を横に振った。

「情けないね。二十四年も一緒に暮らしながら、あの娘のことを何一つ知らなかったなんて。本当の母親じゃないから、教えてくれなかったのかねえ」

里美はまた泣き出した。

「麻由美に悪意があったわけじゃない。心配させたくなかっただけかも知れないじゃないか」

「勇次の言うとおりかもしれない。優しい娘だったから」

「葬式には、それらしき男は来なかったの」

「自殺だったからね。葬式も派手にはやれなかった。勤め先のお嬢さんが何人か来てくれただけ。それらしき若い男の人はいなかった」

寂しい葬式だったようだ。胸が痛む。

「他には何かなかった？　手帳とか手紙とか」

「それがね……」と里美は考え込むような顔をしてハンドバッグの中から黒い手帳を取り出し、勇次に見せた。

「その手帳は？」

手帳と里美の顔を交互に見た。

「それ、送られてきたのよ」

「送られてきた？　誰から？」

「麻由美からよ。変でしょう。そんなものだけ送ってくるなんて……。送り先でも間違ったのかしらね」

手に取り、ページを繰った。スケジュール帳のようだ。

「いつ頃、送ってきたの？」

「亡くなる、直前よ」

「麻由美の物じゃないな。黒い手帳なんて、若い娘に似合わない」

「手紙も添えてなかったから、何もわからない」

「ちょっと調べてみる」

手帳を背広の内ポケットに納めた。

もう一度、指輪を見た。エメラルド。緑柱玉。その透明で深い緑色は、まるで南の海のようだ。麻由美はこの緑の海の中に何を見ていたのだろうか。勇次は雪深い新潟に生まれた。その海は暗く、重い暗灰色だ。そんな海の色しか知らない勇次にとって、その緑色は鮮やか過ぎた。指輪を握り締めた。

「手荒なことはしないでね」

勇次が婚約者を探して、痛めつけると思っているのだ。勇次は苦笑いした。

「調べるだけだ。少しでも麻由美のことを知りたい」

雨は一向に弱まりそうにない。窓を打つ雨音がティールームに響いている。

2

勇次は十七歳で上京した。

故郷の村は冬になると数メートルもの積雪に、生活の全てが閉じ込められた。平和だったが、退屈で退屈で死にそうだった。こんな村を逃げ出したい、そればかり念じていた。高校を中退し、家出同然に、東京に出てきた。

最初は銀座のクラブでフロアボーイの職を得た。たまたま出会った男に斡旋《あっせん》されたのだ。そこは初めて見る世界だった。驚きと興奮の連続だった。それまで闇《やみ》に閉ざされた夜しか知らなかったが、銀座は一晩中煌々《こうこう》と光り輝き、その中で人間が蠢《うごめ》いていた。

バンドがやたらとうるさいだけの音楽を響かせ、歌手が歌い、派手な装いのホステスが嬌声《きょうせい》を上げる。男たちは擦《す》り寄って来るホステスに、これ見よがしに札をばら撒《ま》く。高価なブランデーが何本も空になる。酔客に命じられるままに、勇次はテーブルからテーブルへと酒を運ぶ。時には客が撒き散らした嘔吐《おうと》物を拭うこともあった。そのすっぱい匂《にお》いが鼻腔《びこう》を突き刺す。その瞬間、故郷を捨てたことが、強烈に哀しくなる。しかし後悔はしなかった。いつか必ずこんな暮らしから抜け出してやる。そう思っていた。

クラブの上客に大川喜作《きさく》という男がいた。小柄だが、その大きな目で睨まれると、こちらの身が竦《すく》むほどの迫力があった。

彼は毎日のようにクラブにやってきては、何人もの女を侍《はべ》らせていた。脂《あぶら》ぎった顔を女に向け、猥雑《わいざつ》な言葉を浴びせ、胸を触り、乳房の間に一万円札を差し入れた。女は胸を触られる度に下卑《げび》た叫び声を上げた。

ある夜、彼は珍しく深酔いをした。勇次はマネージャーから、彼を介抱して、車に運ぶよう命じられた。勇次は彼を抱きかかえた。力が抜けた身体は、両腕にずっしりと重い。車は白のベンツ。中は新聞や雑誌が山積みで、決して快適そうではない。

勇次は彼を起こさないようにそっとシートに寝かせた。そしてその場を立ち去ろうとした時、急に彼の腕が伸びてきて、勇次の腕を摑《つか》んだ。

「お前……」

大川は目を思い切り見開いて、うめくように言った。勇次は驚いて、摑まれた腕を力まかせに引いた。ところが意外なほど強い力で引き戻された。

「放して下さい」

「お前の名前は」

「木下、勇次です」

「俺のところで働け」

彼はじろりと睨んだ。

彼が何を言っているのか、よく理解できなかった。酔っ払いの言うことだ、どうせまともな話じゃない。返事をせずに、腕を振り払おうとした。

「俺のところで働け、と言ってるんだ」

「どういうことですか」

「どういうこともない。俺と一緒に来い。返事をしろ」

大川は苛《いら》ついた様子で、再び睨んだ。勇次は、どうにでもなれと諦めて、隣に座った。勇次が車内に入ったのを確認すると、彼は運転手に「行け」と命じた。

その夜から、勇次は大川の住み込み書生となった。

彼は総会屋「広島グループ」の総師だった。広島県出身の総会屋達だが、荒っぽいことで有名だった。株主総会に集団で出席し、大声で何時間も怒鳴ったり、喚《わめ》いたりするのだ。株主総会を混乱に陥《おとしい》れる彼らを企業経営者は恐れ、とりわけその中心である大川を恐れた。

大川は勇次を気に入り、彼に企業のバランスシートの見方や有価証券報告書の分析方法などを惜しげもなく伝授した。真剣に数字と格闘しているうちに、数字の方から勇次に声をかけてくるようになった。無味乾燥な数字の裏に企業の喜び悲しみが隠されていた。そこからは企業の本当の姿が浮かび上がってきた。謎解きに似た楽しさに満ちていた。勇次は学生時代には考えられないほど猛烈に勉強した。

数字が囁《ささや》きかけてくる。そのことを大川に告げると、嬉《うれ》しそうに顔を綻《ほころ》ばせて、一人前になってきた証拠だ、と言った。

また彼は、企業回りに必ず勇次を同行した。小柄で強面《こわもて》の大川と、一八五センチの長身で甘いマスクの勇次。あまりにも対照的な大川と勇次のコンビは、企業の間でたちまち噂《うわさ》になった。噂の中には、二人ができているのではないかというものまであった。

大川の相手をする企業幹部が、「息子さんですか」と訊く。大川は表情を変えない。すると幹部はにやにやと笑いを浮かべながら、「まさか、これじゃないですよね」と親指を立てた。

勇次は大川がどう答えるかを黙って見ていた。大川はほんの少し困惑した表情を浮かべたが、すぐに破顔して、「違う、違う」と言い、声に出して笑った。その場に漂っていた緊張は大川の笑いによってたちまちほぐれた。

「大川先生、冗談ですよ。ところでご要望の向きは分かりました。先生のご推薦された会社を、わが社の取引先に加えましょう」と幹部はにこやかに答えた。

勇次が同行すると、企業との難しい交渉もスムーズに進行するように思えた。勇次の外見が総会屋という陰の仕事を担うにはあまりにも華やかであることがよかったに違いない。そうした企業にいい印象を与えるという勇次の効用を大川はよく承知していた。だから企業回りには必ず勇次を同行したのだ。

「企業は、それ自体が組織存続のために不祥事を隠蔽《いんぺい》したり、強引な利益追求で消費者をないがしろにしたり、悪事を働くように出来ている。そこで悪事を働かないように監視することが必要なのだが、実際は誰も監視していない。取締役は結局サラリーマンだし、監査役や社外取締役も、社長の友人や胡麻《ごま》すりばかりだ。こんな奴らに何も期待できない。株主は経営者に何も言わないし、監督官庁とは癒着《ゆちゃく》ばかり。じゃあ、誰が企業を監視し、悪事の道に迷いこまないようにするのだ。答えてみろ」

大川が、強い口調で訊いた。

勇次が答えに迷っていると、大川は少し得意げな顔つきで、

「それが俺たちだ。それが俺たち、総会屋の役割だ。いわば物言う株主だ。決して恥ずかしい仕事ではない。正義が売り物の商売なのだ」

その一方で彼は、「企業とは持ちつ持たれつ」と、口癖のように言っていた。

しかし、「正義」や「持ちつ持たれつ」などの彼の言葉の背後にある嘘《うそ》を、勇次は見抜いていた。

雑誌を買い取らせたり、スキャンダルの揉《も》み消し料を要求したり、やっていることはおよそ正義とはほど遠い。大川にとっての正義は、蕎麦《そば》に載せる海苔《のり》みたいなもの。付加価値を上げるための飾りに過ぎない。

そうは言うものの彼の言うことにも真実はあった。企業のトップを監視する者が誰ひとりとして存在していないというのは真実だった。だから監視者を装いつつ、大川たち総会屋のつけいる隙《すき》があるのだ。

大川の最期はあっけなかった。体調不良を訴えて東都医大付属病院に入院中に、何者かによって射殺されたのだ。

勇次は犯人を西海組の関係者だと疑っている。西海組は関西地方を中心に大きな勢力を持つ広域暴力団だ。彼らは地上げを通じて関東進出を図り、各地でトラブルを引き起こしていた。総会屋の多くも西海組の勢力の伸張に恐れをなし、その傘下に入った。しかし大川は暴力団を嫌い、その傘下に入ることをよしとしなかった。それが目障りで命を狙われることになったのだろう。

大川の死に勇次は悲しみを感じなかった。遅かれ早かれ、こんな時が来ると予想していたからだ。所詮、総会屋は陰の仕事。畳の上で死ぬことはできない。

大川の死によって広島グループは解散になった。

仲間うちには廃業する者もいたが、勇次は総会屋としてひとり立ちする道を選んだ。今日まで大川が仕込んでくれたノウハウと人脈を生かせば、十分に食っていけると判断したのだ。

仕事は順調だった。表向きは、大川の死とともに総会屋廃業を宣言した。そのため警察は勇次をマークしなかった。総会屋の名前や活動歴を掲載した株主総会担当者のバイブルと言われる『総務担当者必携』というリストがある。そこに掲載されていることが総会屋の証《あかし》となるのだが、勇次の名前が消えた。

　株主総会が混乱することを恐れ、しゃんしゃんと短時間で終わらせたい経営者は多い。そういう要望を経営者が匂わせただけで、株主総会担当者はなんとか無事に総会を乗り切ろうとする。リストからは消えていても、勇次は「切れる男」で通っていた。彼が株付けといって株主名簿に名前を載せるだけで、株主総会担当者は恐れた。そしてなんらかの商売と見返りで、その株を売却するように頼んできた。頼まれた通り、株を売却する。するとそれ以降の商売は株主ではなくなるため、特定株主への利益供与という犯罪を立証するのが難しくなる。こうして企業から広く、薄く利益を吸収した。あまり欲張らず多くを望まなければ、総会屋はいい商売だった。

　しかし、それも今では過去の話だった。刑期を終えて娑婆《しゃば》に出てみると、まるで勝手が違っていた。

　残念だが、総会屋は刑務所に入っても箔《はく》がつかない。むしろ刑務所に入っている間に人脈が薄れ、商売がやりにくくなる。まして最近は企業統治《コーポレート・ガバナンス》とか、法令遵守《コンプライアンス》とか言って、企業が総会屋の存在を排除しようとしている。

　たった二年間の刑務所暮らしだったが、世間は一変していた。時代が勝手に進んでしまって、雨に降られて、軒先にぽつんと一人佇《たたず》んでいるような気分だった。

3

帝都食品の本社は東銀座にあった。勇次は本社ビルの前に立っていた。

麻由美はここに勤めていた。彼女が会社でどのように過ごしていたか、婚約者は誰なのか、可能な限りのことを知りたい。最後まで父親を名乗れなかった勇次のせめてもの望みだった。

ビルの中に入る。吹き抜けの高い天井を見上げた。以前はなんとも感じなかったが、久しぶりに来ると、やはり圧倒されて、足元がなにやらおぼつかなくなる。不安定な思いだ。両足でフロアをしっかりと踏みつけて、腹に気合を入れる。以前は毎日のように来ていたではないか。しっかりしろ。お前だって、切れ者で通っていた男だ。久しぶりの企業回りだからって、びびるんじゃない。まだまだ現役でやれる。勇次は自分に言い聞かせた。

「いらっしゃいませ。ご用件を承ります」

受付嬢が明るく言った。麻由美ぐらいの年齢だ。

「真崎《まさき》誠……総務部だと思うけど、呼んでくれないか。木下勇次が来たと言ってくれ」

「真崎、ですか」

受付嬢の顔がわずかに強張《こわば》った。

真崎は帝都食品での勇次の担当だった。真崎との飲食が強要罪に仕立て上げられ、臭い飯を喰う羽目に陥った。言ってみれば真崎にはめられたようなものだ。しかし恨んではいない。その真崎がいない。勇次が刑務所に入っている間に、人事異動があった可能性はある。しかし、総務部員のポストは、会社にとって専門的なポストだ。そう簡単には異動しない。

受付嬢は名簿を繰り始めて、困惑した表情を浮かべた。

「申し訳ありません。当社には真崎という者はおりませんが……」

「きみの会社の総務部員だ。いないという返事はないだろう」

「総務部はございますが、真崎という者はおりません」

「すると真崎は異動になったということか」

「申し訳ございませんが、当方では分かりかねます」

受付嬢は明らかに迷惑顔だ。

異動したのかどうかも分からないなんて……。そんなおかしなことがあるか。これじゃあ真崎という人間は元もと居なかったと言っているようなものだ。間違いなくあいつは二年前まで帝都食品の総務部員だった。

「よく調べてくれないか。真崎は間違いなくきみの会社、この帝都食品の総務部員だった。人事部にも問い合わせてくれ」

勇次は言葉を強めた。

「いかがなされましたか」

いきなり背後から声がかかった。振り返ると、ダークスーツの男が二人立っていた。厳しい目で勇次を見詰めている。受付嬢は表情を急に和らげ、

「山本主任、こちらの方が真崎さんをお訪ねになっています」

勇次は受付嬢に詰め寄った。

「今、真崎さんと言ったな。君は彼を知っているんじゃないか！」

彼女は逃げるように身体を後ろに引いた。顔が怯えている。彼女を脅かすつもりはない。勇次

は山本の方を振り返り、

「説明してくれ」

「まあまあ」と山本は一転してにこやかな顔に変わり、

「どうぞこちらへ」

山本は勇次の前を歩き出した。勇次は山本に従った。受付で騒がれては他の客に迷惑がかかる。勇次を何処《どこ》か別室に連れて行くのだ。もう一人の男が背後にいる。この男は若くがっしりした体《たい》躯《く》で、狐のような鋭い目だ。警察出身者かもしれない。じたばたしても仕方がない。ここは流れに任すしかない。勇次は腹を括った。

受付近くの殺風景な応接室に勇次は通された。窓のない部屋にソファとテーブルが置いてある。花も観葉植物も絵画も、何もない。灰色の壁だけだ。警視庁の取調べ室に似た空気が漂っている。嫌な気分だ。

ソファに座った。二人の男と向かい合う。勇次はぐるりと周囲を見渡し、

「この部屋、盗聴していますね」

「そんなことしてませんよ」

山本は薄笑いを浮かべた。

「あそこ辺りにカメラとマイクが隠してあるんでしょう」

勇次が天井の煙感知器を指さした。山本は天井に視線を遣り、僅かに顔をしかめた。あの小さい穴から、こちらのやり取りを息をひそめてモニタリングしている奴がいる。勇次は悪戯《いたずら》っ気をおこして、煙感知器に向かって軽く手を振り、

「思う存分、録画していただいていいですよ」

山本は無表情に勇次が手を振るのを眺めていた。

勇次は「日本情報社　木下勇次」の名刺を差し出した。山本はその名刺を片手で面倒臭そうに受け取ると、テーブルに無造作に置いた。そして総務審議室主任・山本憲次の名刺を出した。もう一人の男は副主任・片岡慎吾という名刺を出した。

「お茶くらい出ませんかね」

勇次が言った。

「あいにく人手不足ですので……」

山本が言った。

片岡は口をつぐんだまま鋭い目を勇次に向けている。

「総務審議室？　総務部とは違うのですね」

山本が頷《うなず》く。

「総務部に用があったのですが、なくなったのですか」

「総務部はございますが、こうしてご来社されたお客様には、わたしどもがお会いすることになっております」

「招かれざる客を体《てい》よく追い返すポストですね」

勇次が皮肉っぽく言った。

「そんなことはありません。お客様のご意見を伺うようにと言われております」

山本は大きく頭を振った。表情はあくまで柔らかい。職業的笑顔だ。

総会屋と企業との癒着が問題になってからというもの、企業が総務部を廃止したり、改変したりして、総会屋と縁を切る部署を創ったということを耳にしていた。きっとこの総務審議室も、その手の部署に違いない。この山本も片岡も勇次のことを総会屋だと知って会っているのだ。

大川の言う「持ちつ持たれつ」の気持ちで企業と付き合い、その結果下らない罪に陥れられ、二年の刑務所暮らし。その間に企業はすっかり勇次に対してガードを固めてしまったようだ。この二人の男は余計なことを一切喋《しゃべ》らないと固く誓っている。心は完全に閉ざされている。家族のような付き合いが、急に他人行儀になってしまった。勇次は哀しいような、おかしいような複雑な気分で二人を見つめていた。

「このビルの最上階に立派な応接室があるだろう。特別来賓室とかいったな。色々な絵や彫刻が飾ってあって、さすがに帝都食品だと思わせる部屋さ。その部屋で社長の高山さんと食事した。定期的にね。高山さんは鰻《うなぎ》が好きだった。鰻を喰いながら、経済の講義をしてもらった。そりゃあ勉強になったものだ。高山さんは元気かい。まさか高山さんまで知らないとは言わないだろう」

勇次が薄笑いを浮かべた。

「会長になられました」

山本は顔を歪《ゆが》めて、ちらりと天井に視線を投げた。

「そうか。また会いたいな。木下が来たと伝えておいて下さい。そうつれなくしなくてもいいじゃないかと」

「わかりました。ところで木下さん、ご用件は」

「真崎に会いたい。真崎のお陰で、臭い飯を喰う羽目になったのだが、別に怒ってはいない。顔が見たい。それにちょっと訊きたいこともある。わたしと真崎のことは知っているよね」

勇次は山本と片岡を交互に見つめた。

山本と片岡が軽く頷いた。

「それなら話が早い。さっきはなぜ真崎がいないなどと嘘をついた」

「嘘ではありません。真崎はおりません」

「辞めたのか」

「当社を退職いたしました」

真崎が辞めた？　定年にはまだ早い。四十代の半ばだったはずだ。

「わたしとの事が理由なのか。それで辞めたのか」

勇次との深い付き合いが、彼の立場を悪くし、会社に居辛くさせてしまったということは容易に推測できる。銀座のクラブの呑み代だけで勇次を逮捕するためには、真崎の被害届がどうしても必要だった。真崎は悩んだに違いない。勇次とは昨日今日の関係ではない。真崎は警察に抵抗した。警察は彼を厳しく問いただした。会社は警察が怖い。真崎に被害届を出すように迫った……。

「理由は知りません」

「それでどこに行った」

「知らされておりません」

「隠してるんじゃないよな。わたしがお礼参りに来たとでも思っているのか」

勇次はテーブルに両手を突き、身体を乗り出した。殴られるとでも思ったのか、山本はぐいっと身体を引いた。片岡は腕を組んだままで表情を変えない。相変わらず固い顔つきだ。本当に警察出身者なのかもしれない。

「本当に変わったな、何もかも……。浦島太郎みたいなものだ。たった二年でこんなに変わるとはね。親しくした奴は会社にいない。親しくしてくれたこの会社は、こんな殺風景な部屋をわたしにあてがう。昔の匂いを嗅《か》ごうにも、どこにも匂いなんぞは残っちゃいない」

「木下さん……」

山本が哀れむような口調で言った。

「かつて真崎とあなたが親しい関係だったとしても、当社は関係ありません。また高山会長とお食事をされたことがあったかも知れませんが、それも昔の話です。時代は変わりました。もう会長はあなたと食事をされることは絶対にない。もしあなたが食事をしたいと要求されたら、それだけで刑事事件になる可能性がありますよ。ご存じですね」

山本は再び職業的な笑みを浮かべ、諭すように言った。

「分かっている。法律が改正になったことは承知している。しかしわたしがなにか要求したか。昔の話をしただけだ。昔の知り合いに会いたい、そう言っただけじゃないか。そんなに事件にしたけりゃ、警察を呼んだらどうだ」

勇次は腹立たしい思いになった。時代が変わり、法律が変わった。だからといってまるで汚物のような扱いはないだろう。ちゃんと二年の勤めを果たし、ようやく娑婆に出てきたというのに。勇次は憤慨して自然と声が大きくなる。

「もう一度訊く。真崎は何故、辞めた。わたしが出所してくるので、隠したのか。水臭いにもほどがあるぞ」

「真崎は本当に辞めた。理由は知らない。今何処で何をしているかも知らない」

「君の同僚だろう。何処で何をしているか知らないなんて、冷たすぎる」

「冷たいと言われようが、知らないものは知らない」

「分かった。もういい。今日は帰る。真崎にもし会うことがあったら、木下が来たことを知らせておいてくれ」

これ以上、山本や片岡と話しても得るものがない。この二人の男は、勇次のような企業ゴロと呼ばれる連中を寄せ付けるな、という指示に忠実なのだ。

「最後に、これを見てくれないか」

勇次が財布から一枚の写真を取り出した。麻由美の写真だ。肌身離さず持っているものだ。輝くような笑顔。その写真を見ているだけで、思い出が一瞬のうちに駆け巡る。感情がこみ上げてきて、目頭が不覚にも熱くなる。

山本と片岡は交互に写真を見ていた。

「知らない」

山本が感情を交えず言い、写真を返す。

「この女がどうかしたのか」

「わたしの娘だ。この会社にいた。ついこの間まで君たちと同じ空気を吸っていた。しかし死んだ」

山本が僅かに動揺した。片岡は相変わらず、固い表情を崩さない。

「わたしが服役している間に死んだ。自殺だ。この娘がどういう仕事振りだったのか、恋人はいたのか――なんでもいいから、わたしは真崎に聞きたかった。事情があって、一緒に暮らせなかった。だから手遅れとは分かっているが、娘の姿を少しでも知りたい。それだけだ」

勇次は目を閉じた。瞼の裏に麻由美の笑顔が躍る。

「いけない。くだらない感傷に浸ってしまった」

勇次は写真を財布にしまった。

「秘書室にいた女性だ」

片岡が口を開いた。表情は変わらない。山本が片岡を見た。余計なことは言うな、と目で伝えている。片岡は山本の視線を無視して話し続けた。

「清楚な美人だったので、よく覚えている。最近見ないと思っていたが、亡くなったのか……」

「他に何か知っているか」

「知らない。たまにすれ違った程度だ」

「それくらいにしておけ」

山本が制止した。表情が暗い。片岡の行動が予定外なのだ。

「ありがとう。なにか思い出したら、また教えてくれ」

勇次が片岡の目を見て言った。この男は見かけよりいい男かもしれない。

麻由美は秘書室にいた。そこで何があったのだろうか。何に悩んで死を選択したのか。

4

受付に戻ると、先ほどの受付嬢はいなかった。交代したのか。山本と片岡は勇次を見送りもしない。勝手に帰れ。もう来るな。そう言いたいのだろう。

「しかたがない」

勇次はひとり呟いた。

「おい、勇次、木下勇次じゃねえか」

背後から聞き覚えのある声がする。決して懐かしくはない。まさか……。振り返ると、そこに藤堂《とうどう》三郎が立っていた。歳《とし》は喰っているが、少々猫背気味の身体はまだまだ力強く、引き締まっている。細く鋭い目と右上がりに歪んだ唇が、只者《ただもの》ではない印象を与える。

勇次は軽く頭を下げた。会いたくない奴に遭《あ》ってしまった。胃の内容物が食道を伝って、じわじわと昇ってくるような気分だ。

「ご無沙汰しています。でもどうしてここに……」

勇次はやっとの思いで口に出した。目はまともに藤堂を捉えていない。

「ここに世話になっている。三ヶ月前からだ」

藤堂は何気ない調子で言った。藤堂がこの帝都食品の社員になった？　なんということだろう。

「帝都食品に……。警察は？」

勇次が驚いて訊いた。あらためて藤堂を見ると、刑事臭さが多少とも抜けたような気がしないでもない。

「辞めた。もういい歳だ。五十を過ぎると本庁はお払い箱さ」

藤堂は警視庁暴力団対策課のベテラン刑事だった。なんと言っても勇次を逮捕したのが、この藤堂なのだ。

「お前を逮捕して、気に入られたってわけだ」

藤堂は悪びれずに笑った。勇次も仕方なく付き合って笑った。

「あの時は、お世話をおかけしました」

「二年が過ぎたのか。あっという間だな。また稼業を再開したのか……」

あっという間はないだろう。二年は二年。十分過ぎる長さだ。いくら馴染《なじ》みの元刑事の言葉であっても、腹が立つ。勇次の気持ちが伝わったのだろうか、「お前には悪いことをした」と藤堂がぼそりと呟いた。

その呟きに、つかえていた物がすとんと落ちた。出所以来初めて馴染みに会えた気がする。胸が熱くなった。

勇次は微笑して、

「滅相もない。ちょっと挨拶に立ち寄っただけです」

藤堂は二、三度大きく頷き、強い調子で、

「それがいい。再開するなんてことは考えるな。もう時代はお前ら総会屋を必要としていない。そんな稼業にしがみついていたら、ますます惨《みじ》めになるだけだ」

「藤堂さんにこれ以上ご迷惑をおかけするようなことはいたしません」

勇次が頭を下げた。

「おうおう」

と藤堂は笑みを浮かべた。

自分の言ったことを勇次が素直に受け止めたのが嬉しい、そんな感じだ。出来の悪い子供を諭した時に見せる父親の笑顔そのものだ。不思議に憎めない。帝都食品もいい男を採用したものだ。

藤堂の所属していた暴力団対策課は、警視庁で暴力団事件を担当していた捜査四課から分かれた組織だ。企業が暴力団や総会屋に攻撃される事件が相次いだため、その専門部署として創られた。組織の成り立ちのせいで、大方の刑事は四課から来ていた。彼らは暴力団に正面からぶつかることに生きがいを見つけている。血の気《け》の多い連中だ。藤堂もそうした刑事の一人だった。

「コーヒーでも付き合わねえか」

藤堂が顎《あご》で合図した。付き合わざるを得ない。受付の隣に喫茶ルームがあった。業者との商談に使うためだ。勇次は藤堂と向かい合って座った。

「ここが俺の定位置よ」

と藤堂が言って、煙草に火を点《つ》けた。勇次は黙って、運ばれてきたコーヒーを呑んだ。

「受付がよく見渡せるだろう」

勇次は彼の視線に合わせるように振り向いた。囲いのない喫茶ルームからは、藤堂の言う通り、受付がよく見渡せた。

「会社にとって都合の悪い奴が来ないか、見張っている。さっき山本と片岡に別室に連れて行かれたろう。あの時お前が煙感知器に向かって手を振ったよな。あれは笑ったぞ」

「モニターで見ていたのですか」

「そうだ。モニタールームが別に作られていてな。俺は見張り役として、この会社に雇われた」

藤堂は薄く笑い、目を伏せた。血の気を漲《みなぎ》らせ、獲物に喰らいついていた獣のような刑事が見張り役の仕事をあてがわれている。それも時代か。

「警察を辞めなかった方がよかったんじゃないですか」

「そんなことはない。いずれはその時を迎えるものだ」

藤堂は煙草を吸い、咳込んだ。苦しそうだ。

息を整えた藤堂が煙草をもみ消す手を突然に止めた。彼の視線が強くなった。昔に戻ったように鋭い。獲物を狙う目だ。単なる見張り役の目ではない。

「どうしたのですか」と言って、彼の視線の先を追った。

受付に向かう一人の男が目に入った。大柄でスーツのよく似合う男。どこから見てもエリートサラリーマンだ。男は受付嬢と言葉を交わしている。ソフトな雰囲気の二枚目だが、受付嬢は見るからに緊張していた。男の自信ありげな態度に不思議な迫力を感じた。

「一体誰ですか」

「北野征也《まさや》。今はやりの投資ファンドの経営者だ」

藤堂は男をじっと見つめたままだ。

「例の官僚上がりの男とは違う。北野は名門私立大学を卒業して、外資系証券にいたそうだ。そこで腕を磨いたらしい」

男は藤堂の視線を感じたかのように、こちらに目を向けた。メタルフレームの眼鏡が知的な雰囲気を漂わせている。年齢は三十代後半といったところだろうか。

「あの男がどうかしたのですか」

「帝都食品があいつに揺さぶられている」

藤堂は吐き捨てるように言った。

北野の周りをスーツ姿の男たちが取り巻き、北野に話し掛けたり、頭を下げたりしている。

「あの男たちは帝都食品の社員ですか」

「秘書室の者たちだ。今から高山会長のところに案内するのさ。大株主だから、おもてなしをしなくてはならない」

「わたしに対する態度とえらく違いますね」

「あたりまえだ。お前は前科者の総会屋。いわばならず者だな。あちらは投資家様だ」

藤堂は北野から視線を外さない。

「なかなかの二枚目ですね。モデルでも通用しそうだ」

「そうだな。だが喰わせ者だ」

藤堂は煙草を取り出した。北野は秘書の男たちとまだ話している。

「もう少し待っていろ。面白い男が現れるはずだ」

藤堂は煙草を咥《くわ》えた。軽く咳込んだ。

「煙草を止めた方が……」

「分かっている。そのうちに嫌でも止めるときが来る」

それはあんたが血を吐いて死ぬときではないのか、と勇次が言いかけると、

「来た、来た。勇次、見てみろ」

藤堂が囁いた。

勇次は慌てて振り返った。彼の目が捉えたのは、信じられない人物だった。

「真崎、真崎じゃありませんか」

勇次は思わず大きな声を出しそうになり、自分で口を塞《ふさ》いだ。

「名前を呼ぶな。聞こえたらまずい」

藤堂は勇次を睨んだ。刑事の目だった。この目に睨まれて、いい思いをしたことがない。

「どういうことですか。真崎は退職したはずでは……」

「そうだ。辞めて北野と組んだ。帝都食品の情報を土産に持っていった」

「なんて奴だ。だから山本は……」

「そうだ。山本も真崎のことは話題にしたくなかったのだ。お前に余計なことを知られたくないと思ったのだ」

勇次は藤堂の言葉を聞きながら、真崎を見つめていた。駆け寄って、彼に声をかけたいという

思いが募ったが、ぐっと堪《こら》えた。

真崎は昔のままだった。反《そ》り返るように大股で歩き、北野に近づく。北野と並ぶと、真崎は随分小柄だ。すっきりした二枚目の北野に比べ、丸顔に黒縁眼鏡と風采《ふうさい》は上がらない。しかし、八の字眉毛を思いっきり下げると、警戒心を失わせる憎めない顔になる。これに騙《だま》されてしまうのだ。

この二人の取り合わせは何処かで見た気がする。これはまるで自分と大川みたいじゃないか、と勇次は思った。北野が勇次で、真崎が大川……。

北野と真崎は、秘書の男たちに案内されて視界から消えて行った。勇次のときのような殺風景な部屋ではなさそうだ。エレベーターに乗って、最上階の特別来賓室にでも行ったのだろう。

「真崎はお前とのことが原因で立場が悪くなった。そんなとき、うちをターゲットに考えていた北野と結びついたようだ。真崎が北野を担当していて、逆に取りこまれたらしい」

「北野の狙いは？」

「北野は株主提案権を行使して、不動産投資四百億円の中止、その投資中止相当額の自社株買入れ消却を求めてきた。株主総会が六月二十七日だから、うちは今、ぴりぴりしている」

「マスコミは話題にしていないですね」

「マスコミは官僚上がりの男を追っている。あちらは筆頭株主として、経営権そのものを奪うほどの派手さだからな。経歴も何もかもマスコミ受けする。北野は物まねくらいにしか評価されていない。しかし、うちにとっては大変だ。話題にならない分、神経を使う」

官僚出身の投資ファンド経営者のことは、連日マスコミに派手に採り上げられている。東証一部上場企業A社の一割近くの株を買い占めてしまったからだ。A社は約一億株を発行しているから、その一割は一千万株。株価一千円として百億円以上の資金を集めたのだ。

彼を一躍有名にしたのは、ある東証二部上場の企業にＴＯＢを仕掛けたことだった。

ＴＯＢとはテイク・オーバー・ビッドの略で、株式公開買付制度と訳される。企業買収のために、株式の買付価格や期間などを公開して、短期間で大量の株式を取得する手法のことだ。欧米では、企業買収の有効な手段として広く用いられている。経営者に敵対して企業買収を仕掛ける際に多く使われる手法のため、ＴＯＢは敵対的な企業買収手段と考えられている。

彼はその企業の株を時価の一割以上も上回る価格で買い取ると宣言した。結果は会社側の必死の抵抗によって敗れはしたが、日本も欧米並みに敵対的買収の時代を迎えたと大きな話題になった。彼より前に、敵対的買収でこれほど有名になったのは、昭和二十八年の日本橋白木屋買収事件に登場するＹくらいではないだろうか。

彼が対象とするのは、キャッシュや有価証券などの資産を多く持っているのに、それらを有効活用せず、株式時価総額が総体的に低いまま放置されている企業だ。キャッシュ・リッチと言われるこうした企業の株価をつり上げることで、彼のファンドは高い利回りを獲得していた。

「北野は奴の真似をして、うちに攻勢をかけてきた。うちも時価総額が手元流動性より低い、キャッシュ・リッチ企業だからな。会長に退いた高山徳三は、今でも経営の実権を握っているが、自分が貯めたカネを自分がどう遣おうと、とやかく言われる筋合いじゃないというスタンスだ。北野の動きを総会屋呼ばわりして、憤慨している」

藤堂の口から高山の名前が出た。相変わらず元気なようだ。高山と親しく経済談義をしたころを思い出す。

「北野はいくら株を集めたのですか」

「株主提案に必要な三十万株を超える、五十万株ほどだ」

発行済み株式数の一パーセント以上、または三百株以上（単位株制度を採用している会社では三百単位以上）の株式を有する株主は、取締役会に対し、総会の目的事項の提案をすることができる。これが株主提案制度だ。

帝都食品は額面が五十円株式で、一単位が千株だから、株主提案権行使のためには、三百単位、すなわち三十万株が必要となる。

「帝都食品の株価が千二百円ほどだから、それでも六億円を集めたわけですね。でも、その程度の株数だったら、総会で提案してもすぐに否決される。帝都食品の安定株主が反対に回れば……」

「そうだ。しかし、相手には真崎がついた。真崎はなかなかの曲者《くせもの》だ。何を狙っているか分からない」

藤堂はまた煙草に火を点けた。

「藤堂さんはどういう役回りで……」

「俺か」

藤堂がおどけて、煙の輪を作った。

「俺は見張っているだけだ。しかし、若くて強い北野みたいな奴を見ると血が騒ぐ。若いころのお前に会った時みたいにな」

「嘘だ。高山さんになにか特別に頼まれているんでしょう」

ワンマンの高山会長が、このベテラン刑事上がりの藤堂を単なる監視役として遊ばせておくはずがない。

「相変わらず鋭いね」

藤堂が口元を歪めて、にやりとした。勇次は黙って次の言葉を待った。

「実は会長は俺に、北野の弱点を見つけるようにと命じられた」

やはりそうだ。高山は藤堂に特別の役割を与えていた。

「北野のような売り出し中のワルを見ると、力が湧いてくる」

藤堂が少し声に出して笑った。

「藤堂さん。提案がある」

「なんだい。あらたまって……」

「わたしが真崎に会いたがる理由はご存じですよね。先ほどモニタールームで聞いていたはずだ」

「お前の娘の様子を知りたいのだろう。秘書室にいたという……」

勇次は写真を取り出して、藤堂に見せた。

「綺麗《きれい》な娘さんだ。こんな娘が自殺したなんて、残酷なことだ」

「わたしは麻由美のために何もしてやれなかった。それが悔しい」

勇次はポケットからエメラルドの指輪を取り出した。藤堂が訝《いぶか》しげな顔をした。

「これは麻由美の婚約指輪らしい。エメラルドは麻由美の誕生石だ」

「婚約していたのか……」

藤堂が緑に輝く指輪を手に取った。

「ところが、付き合っていた男の名前さえわからない」

勇次は哀しげに目を伏せた。

「俺に調べろというのか」

「代わりに、わたしが北野と真崎を調べる。あんたじゃ、近づきたくても二人に近づけない」

「バーター取引というわけだ。いい提案だ。総会屋と元刑事が組んでも問題にはなるまい。時代はどんどん変わるからな」

藤堂が笑った。契約成立だ。

麻由美のことは藤堂が調べてくれる。ひょっとして、知りたくないことまで調べてくれるかもしれないが、麻由美がいなくなった今となっては、全てを素直に受け入れよう、と勇次は思った。

5

目覚めた。身体が重い。なかなか身体が起こせない。ベッドに張り付いてしまったようだ。やっとの思いでベッドから離れる。足元にはビールやウイスキーの壜《びん》が転がっている。寝酒に呑んだものだ。腕時計を見る。早や正午近い。

冷蔵庫を開ける。ペットボトル入りのスポーツドリンクがあった。栓を開け、喉に流し込んだ。身体の細胞のひとつひとつに冷たい液体が満たされて行く。ようやく一息ついた。

勇次はベッドの上で、北野のことを調べたレポートを読み始めた。藤堂と契約してから調べたものだ。

北野は四十歳、私立名門のK大学法学部を卒業して、外資系証券会社に入社した。その後コンサルティング会社に転じ、独立して北野投資顧問を設立した。本社は原宿駅近くのオフィスビルに入居している。株主は個人が主で、特段目につく人物はいない。仕事は官僚出身の男のように派手さはないが、確実に会社側に提案したことを実現させている。

たとえば、大手私鉄会社の系列ホテルの株を取得し、そのホテルを私鉄会社の完全子会社にしてしまった。当然ホテルの株価は上昇して、北野は大きく稼いだはずだ。そのほか自社株買入れ消却を提案した企業は、ことごとく北野の提案を受け入れ、株価を上昇させた。派手な動きで失敗を繰り返す奴よりも、玄人筋の評価は高い。

概略は調べられたが、藤堂の期待する弱点などは浮かび上がってこない。特徴的なのは、その成功率の高さだ。仕掛けられた会社側が、ことごとく彼の申し出を受けるというのは普通では考えられないことだ。何か特別なノウハウがあるのかもしれない。

彼の成功率の高さからすると、帝都食品も提案を受け入れることになるのだろうか。

高山会長のいまいましげな顔が浮かぶ。もうすぐ六月になる。二十七日の株主総会では高山会長が議長を務める。入道のように禿げ上がった頭が、興奮で赤く染まるに違いない。

寝汗を流すためにシャワーを浴びる。今日、勇次は真崎を訪ねるつもりだ。北野にも会えるかもしれない。もしいなければ、じっと待つだけだ。待つのは慣れている。冷水が身体を引き締める。シャワーの刺激が心地よい。時代に取り残された男が、時代の寵児《ちょうじ》に会いに行く。次第に興奮が高まってくる。まだまだ熱い血が残っている、と勇次は思った。

原宿駅で降りて、竹下通りの賑《にぎ》わいを見ながら、線路沿いを左に歩く。しばらく行くと、右手に東郷神社に通じる参道が見える。その向かいに北野のオフィスが入居するビルがあった。五階建ての白く瀟洒《しょうしゃ》な建物だ。入居者プレートで北野投資顧問を確認した。三階と四階を使っている。

受付のある三階に上がる。ライトブルーのセンスのいい壁に、日本語と英語でプレートが掲げてあり、ライトアップされている。

「キタノ・セキュリティーズ・インベストメント・アドバイザー……」

勇次は英語のプレートを読みながら、受付に行く。受付と言っても、電話と液晶タッチパネルがあるだけだ。

パネルの説明に従えば案内してくれるシステムだ。部署別、五十音別になっている。真崎の部署は分からないから、五十音で「マ」を触れる。すると何名かの名前とともに「真崎誠」が並んでいた。勇次は思わず、「いたぞ……」と呟いた。

受話器を持って「真崎誠」に指先で触れる。すると受話器の中に呼び出し音が響き、画面上に「呼び出し中」の文字が流れる。受話器をぐっと力を入れて握る。一回、二回、三回……。呼び出し音を数える。

「お待たせしました。真崎です」

忘れもしない真崎の声だ。少しかすれ気味の独特の声。久し振りだ。声を抱きしめてやりたい気になった。

少し間があいた。

「どちらさまですか」

真崎が訊く。返事がないのを不安に思っているのだろう。

「久し振り。わたしだ。分かるかい」

真崎は「はあ」と当惑したような声を発した。彼の緊張した様子が受話器を通じて伝わってくる。

「と申されましても……」

「わたしだよ。酒を奢って貰ってありがとう」

少し皮肉っぽく言う。

真崎は焦って、声を嗄らし、

「勇次、木下勇次。いや、勇次さん」と叫んだ。そういえば、真崎は勇次のことを「勇次さん」と呼んでいた。

「今、受付に来ている。会えるかな」

「本当に勇次さんですか。よくここが分かりましたね。すぐそちらへ行きます」

歓迎してくれるらしい。迷惑がられると思っていたが、意外だった。真崎の人なつっこい下がり眉が思い出される。

すぐに真崎が現れた。黒のスーツを着て、胸を反らし気味に大股で近づいて来る。顔には満面の笑みを湛《たた》えている。この笑みが曲者だ。

「勇次さん、いつ出て来たのですか。ご苦労様でした」

「先月だ。真崎さんも帝都食品を辞めたとは驚いた」

「どこでわたしのことを調べたのですか。帝都食品ですか」

真崎は、警戒心を滲《にじ》ませるような目つきで訊いた。

「調べるのが仕事だよ」

勇次がにやりと笑った。

「まさか、お礼参りではないでしょうね」

「だったら、どうする」

「一目散で逃げますよ」

真崎は、走り出すように腕を振り、おどけてみせた。

「入り口ではなんですから、こちらへどうぞ。社長の北野もご紹介したい」

「北野さんにも会わせてくれるのか」

「せっかく勇次さんが来てくれたのに、ぜひ北野に会って貰わなければ……」

黒革のゆったりとしたソファに、脚の低いクリスタルのテーブル。壁には抽象的なオブジェ。高級感と落ち着いた雰囲気が漂う応接室だ。

「稼いでいるようだな」

勇次は女性が運んで来てくれたコーヒーを呑みながら、室内を見渡した。

真崎の姿には自信と余裕が感じられる。帝都食品時代より大きくなった感じだ。

「名刺、貰えるかな」

勇次が言った。真崎は慌てて名刺を出した。北野投資顧問代表取締役専務・真崎誠とあった。

「専務か。たいしたものだ」

「それほどでも……」

その言葉に反して、謙遜《けんそん》より、優越感が伝わってくる。

「あの時は申し訳ありませんでした。藤堂に責められて仕方なく……」

「済んだことだ。警察が俺たちを捕まえる。年中行事だ。それぞれにそうしなければならない事情がある」

「でも、勇次さんには捕まえられる特段の事情はなかった」

「そう言ってくれるのは有り難い。しかし、長くこの稼業をやっていると、時期が来る。そういうことだ。それより、真崎さんこそ何故、帝都を辞めたのか」

「それは……」

「俺のせいか」

「会社から、勇次さんとの癒着を相当に責められた」

真崎は顔を歪めた。

「こちらこそ申し訳ないことをした」

勇次は頭を下げた。

「勇次さんには悪いが、わたしは会社の楯だった。会社を攻撃する者たちから会社を守る最後の砦《とりで》だと思って働いてきた」

真崎は勇次を見つめて、強い口調で言った。顔を悔しそうに歪めた。

「総務とはそういうものだ。役員や社員が平和で暮らせるのは、真崎さんたちがいるからだ」

「そう信じていた。ところが時代が変わった。会社にとっては、ベテラン総務部員を抱えていること自体が経営リスクになった。わたしのように、勇次さんたちと親しくして懐柔するタイプは用済みになった。冷たいものだ。いまでは、あの藤堂を雇っている」

「藤堂が帝都食品に……」

勇次は知らない振りを装った。

「藤堂も警察を辞める歳になっていた。勇次さんの事件で高山会長の信頼を得た。上手くやったものだ。損したのは勇次さんだけだ」

「そんなことはない。俺もいい勉強になった」

「ところで勇次さん、今は？　まさか悠々自適でもあるまいし」

「刑期を終えて出てみると、何もかも変わってしまって驚いている。馴染みが少なくなった。真崎さんからこんなに歓迎して貰えるとは思わなかった」

「勇次さん、会ってすぐに申し訳ないが、もしよければ、わたしどもの会社と情報提供者として契約しませんか。北野に話します」

「わたしでいいのか」

「もちろん」

真崎は大きく頷いた。

意外な展開になった。望むところだ。北野のやり方を見てみたかった。

「お待たせしました」

北野が入ってきた。帝都食品で見たときよりも、印象は若い。背は高く、勇次と同じくらいに見える。ベージュの高級なスーツを、隙なく着こなしている。

「代表の北野です」

北野は勇次を正面から見つめると、軽く低頭して名刺を出した。北野投資顧問代表取締役社長・北野征也。

「社長、こちらが木下勇次さん。わたしがお世話になった方です。この人の情報収集力、分析力は凄いものです」

真崎は興奮気味に言った。

「真崎専務から、時々噂は聞いています。いちおう総会屋ということでよろしいのですか」

北野は表情を変えずに言った。総会屋と名指しされて、どういう顔をしていいのか、勇次は迷った。真崎を見た。彼の表情も北野の無遠慮な言葉に強張っていた。勇次は、「ええ」とだけ答えた。北野は薄く笑った。

若い印象の割に、度胸はあるようだ。修羅場も踏んでいるに違いない。表の経歴だけでは推察できない匂いがある。

「勇次さんは情報収集、分析のプロです。警察が勝手に総会屋などと呼んでいる」

真崎が慌てた様子で北野にとりなした。

「真崎さん、いいよ。総会屋であるには違いない。別に恥じてはいない」

勇次が言った。真崎が申しわけなさそうに頷いた。

「木下さん、わたしは投資家の方々に有利な投資先をアドバイスするのが生業《なりわい》で、情報が命です。その意味であなたのお力を借りたいと思いますが、いかがですか」

北野は淡々と言った。

「仕事を探していたところです。わたしでよければ、力になりますよ」

「ありがとう。条件は真崎専務と決めて下さい」

北野の言葉を聞いて、真崎の顔が明るくなった。

「これでまた我社はビッグになるぞ」

真崎は胸を反らし、小鼻を膨らませた。

「ところで北野さん、総会屋という仕事はご存じですか」

勇次が訊いた。

「あまりよく分かりません。なんだか怖いお仕事のような気もしますが……」

「株主総会を仕切るから、総会屋なのですよ。その意味では、日本資本主義の産みの親である渋沢栄一だって、総会屋だと言えなくもない」

北野は勇次の大胆な意見に目を丸くした。

「彼はあらゆる会社の設立に関与し、その株を持って総会を仕切っていた。株主総会の重要性を知っていた人物です」

「株主総会は経営の最高意思決定機関ですから、とても重い意味を持っています」

北野が言った。勇次は北野の意見を受けて続けた。

「なぜ重い意味を持つかと言えば、利益処分案、役員報酬、退職金、取締役就任など、会社存続のための重要なことは、全て株主総会で決めなくてはならないからです。これについては色々と改正すべきだとの意見があるようですが、経営者に好き勝手にやらせるわけにはいかない。それこそ株主のためにならない」

「その通り。よく分かります」

「そこで総会屋が登場するのです。総会屋は株付けをして企業経営をチェックしていました」

勇次は大川流の持論を言った。

「それは違う。あなたがた総会屋は自分の利益を図った。本来は株主のために働くべきところを、経営者と癒着した。それは株主を無視した活動です。経済成長の時期には、経営者と結びついていることが、いい収入になった。まさしく総会屋は企業のコバンザメです。言い過ぎですか？」

北野が笑った。勇次も北野のストレートな言い方に苦笑いした。

「やられました。わたしたちも株主のために働けばよかった。それを安易な金儲けが出来ると経営者についたのがいけなかった。この総会屋というビジネスモデルは、右肩上がりの経済の中で経営者にゆとりがあるときだけに通用するものだ。北野さんのような投資顧問業とは違って……」

「わたしは投資家のために、株主の利益が最大になるように働いています。株主提案権を行使するのも、株主のためです。日本の株主は何も言いません。もっと発言してこそ、経営の執行を監督できるのです」

北野は自信たっぷりの様子だ。メタルフレームの眼鏡が光った。

勇次は北野投資顧問と情報提供者として契約した。

「期待しています」

真崎が満足げに言った。

6

数日後、藤堂に呼び出された。帝都食品で会うのはまずい。誰かに見られる可能性がある。藤堂は明治通り沿いにある新宿の中華料理屋を指定してきた。午後六時の約束だ。

勇次が先に行って待っていると、藤堂が入って来た。約束通りの時間だ。

「麻由美のことが何か分かりましたか」

勇次が訊いた。今日の目的はそれだけだった。藤堂と一緒に中華料理を食いたいわけではない。

藤堂は生ビールを呑み干し、酢豚を口に放り投げるように入れた。あまり喜んで話したいという感じではない。時間を稼ぎたい、そんな気持ちが透けて見える。あまりいい情報ではないようだ。

「婚約者が分かった」

藤堂が、ぽつりと言った。勇次は思わず身を乗り出した。

「訊きたいか」

「訊きたい。その男に会ってみたい」

「お前の知っている男だ」

藤堂が煙草を咥えた。喉をいがらっぽく鳴らした。

「誰ですか。勿体《もったい》ぶらないで……」

藤堂は勇次を見据えた。

「北野だ。北野征也だ」

「なに！　北野！」

勇次は想像もしていなかった名前に絶句した。

「ああ、あの北野だ」

「詳しく話してください」

勇次が藤堂を見つめ、絞りだすように言った。

藤堂は目を閉じ、煙草の煙を吐くと、淡々と話し始めた。

「北野が帝都食品を頻繁に訪れるようになり、秘書室勤務の麻由美さんは何度かお茶を運ぶなどの接客を受け持った。俺は写真で見ただけだが、彼女は本当に美人だったようだな。北野はたちまち気に入ったらしい。なんとか関係をつけたいと思った北野は、真崎に彼女を紹介してくれと頼んだ。ちょうどその頃、真崎は北野の才能を見込んで、手を組んで一旗揚げようと考えていたに違いない。会社に冷遇され、嫌気がさしていた頃だからな。真崎は北野の歓心を買うために、彼の頼みを実現させることにした。色々と策を弄した結果、真崎は彼女と同僚たちを、一緒に食事に誘い出すことに成功した。その時、偶然を装って北野を引き合わせた。知っての通り、あいつはモデル顔負けの男前だ。彼女は北野に惚れてしまったようだ。しばらくは順調に交際が続いた。彼女の同僚も、『麻由美さんは一層綺麗になった』と話していたからな。ところが北野が本格的に帝都食品を攻撃するようになってからは、二人の交際に陰りが見え始めた。北野の女と陰口を叩かれ、スパイ呼ばわりまでされて彼女は社内での立場が段々と悪くなってきたのだ。いつしか塞《ふさ》ぎ気味になって、滅多に笑わなくなってしまった。北野のことも、『冷たくなった』『あの人は怖い』などと、ごく親しい友人にはこぼしていたようだ。北野から別れ話でも切り出されたのかもしれないな。そして自殺した。親しかった同僚は、北野に殺されたようなものだと怒りを隠さなかった。会社の手前、葬式にも行けなかったと悔やんでいる女子社員もいたよ」

藤堂は喉の渇きを癒すように、一口だけビールを呑んだ。

勇次が目を閉じると、麻由美の顔が浮かんできた。普通の男と、普通に恋愛をすればいいものを。母親の麻江もそうであったように、麻由美は危険な匂いがする男に魅入られてしまったのか。

「可愛そうなことをしたものだ。会社との関係など、いろいろ思い悩んだのだろうな」

藤堂が呟いた。

勇次は、あの緑の指輪のことを思い出し、

「指輪のMは北野征也のイニシャル？　征也のMか」

「おそらくそうだろう」

「麻由美は幸せだったのでしょうか」

「最初は幸せだったろう。しかし最後は、北野が怖い、だからな……」

「北野には、確かに何を考えているか分からない怖さを感じます。修羅場の匂いを感じる時がある」

「何か分かったたか、北野のこと」

藤堂が訊いた。

「わたしを情報屋として雇いました。他にもわたしのような連中を雇っているに違いない。その手配は真崎がやっているようだ」

「情報が命だからな」

「筋のいい情報ばかりを期待しているとは思えない。経営陣のスキャンダルを金で買っているのではないかと思う」

勇次は麻由美のことが頭から離れなかった。

真崎と北野を許すことは出来ない。怒りに身体が熱くなる。真崎は麻由美を貢物《みつぎもの》かなにかのように北野に捧げた。そして北野はその麻由美を捨てた。まるで子供が玩具を捨てるようなものだ。

「大丈夫か」

藤堂が勇次の顔を心配そうに覗きこんだ。勇次の顔からは、生気が失われていた。

「麻由美の無念を晴らしたい」

勇次は藤堂を睨むように、見つめた。

「勇次、俺に力を貸せ。もうすぐ株主総会だ。それまでになんとか北野の事を調べてくれ。あいつを完膚《かんぷ》なきまでにやっつけられる情報が欲しい」

藤堂が勇次の手を握った。勇次は力を込めて、握り返した。望むところだ。彼を叩きのめすことができれば、麻由美への何よりの供養になる。

「分かりました」

勇次は大きく頷き、胸を叩いた。手に硬い物が触れた。手帳だ。黒い手帳が頭に浮かぶ。若い女が持つには相応しくない手帳……。

勇次は胸ポケットから黒い手帳を取り出して、藤堂に差し出した。

「麻由美の遺品の中にあった物です」

「女物とは思えないな」

藤堂は手に取って、ページを繰り始めた。何気ない顔つきが徐々に真剣なものに変わる。

「これは……」

藤堂の手が止まった。真剣な顔で勇次を見つめた。

「ひょっとして、北野の手帳かもしれない。ここに書いてある会社名や符号には、何か意味があるようにも見える」

「藤堂さん、古巣に頼んで調べて貰って下さい。北野の背後関係が分かるかもしれない」

「修羅場の匂いがする男か……。これ、借りるぞ」

藤堂は歪んだ口を、ぐいっと結んだ。

7

翌日、勇次は北野の会社に出掛けた。真崎を呼び出す。

「勇次さん、いい所に来てくれた」

真崎が人なつっこい笑顔で近づいて来た。この笑顔に麻由美も騙されたのかと思うと、こいつにあの指輪をぶつけてやりたい。怒りが込み上げる。

「どうしたの、怖い顔して」

「なんでもない」

勇次は、真崎から一瞬、顔を背けた。

「勇次さんも、帝都食品には恨みがあるでしょう」

真崎が訊いた。

勇次は何も答えない。じっと真崎を見つめた。

「勇次さんを逮捕させて、二年も臭い飯を喰わせた会社だ。許せるはずがない。わたしもそうだ。嫌がらせされ、辞めさせられた。社長は株主提案権を行使して、帝都食品に自社株買入れ消却や不動産投資の中止を提案している。わたしの社外取締役就任も、だ。それが受け入れられなければ二十七日の株主総会で雌雄を決することになる。ぜひ協力して下さい」

「五十万株程度では、すぐに否決される。提案するだけ無駄だ。帝都には安定株主がいる」

「それがそうでもない。高山の支配を快く思っていない同族の大株主もいます。そちらに手を回しています。それに、わたしたちには奥の手がある。最後の最後には、高山がわたしたちの提案を呑むことになるでしょう」

真崎は自信たっぷりの落ち着いた調子で言った。

「そういえば北野は勝ち戦《いくさ》が多い。たいてい北野の提案を受け入れた議案になる。奥の手というのは何なのだ」

真崎はにんまりと笑みを浮かべ、

「それは社長が見かけ以上に恐ろしい男だということです」

「恐ろしい男?」

勇次が聞き返した。

「徹底して会社のスキャンダルを調べ上げる。ありとあらゆることをです。役員の個人的な問題まで。そしてこれらの情報を、世間に公表するべきだと迫る。株主への情報公開を大義名分にしてね。その時、同時に株主提案をするわけです」

「それは恐喝ではないのか」

「株主として調べ上げた情報を、会社の健全経営のために活用している。その結果、株価が上がり、投資家が満足する。社長自身が不当な利益を得ようとしているのではありません」

「会社側は情報公開を恐れて、提案を受け入れるわけだ」

「帝都食品の大株主たちも同じ。社長にかかったら、蛇に睨まれた蛙です。あらゆるスキャンダルを調べ上げられ、提案に賛成せざるを得ない」

「勝算はあるのか」

「ぎりぎりのところでしょう」

「今回はなぜ帝都食品と妥協ができなかったのだ」

勇次が訊いた。

真崎は下がり眉毛を無理に吊り上げ、激しい口調で、

「高山のせいだ。あの男は何も言うことをきかない。あんな頑固者は初めてだ。勝手が違った」

勇次は高山の入道のような顔を思い出した。愉快な気分になった。あの高山なら、さもありなんと思った。彼が、北野に「お前に会社の経営など分かるか」と怒鳴りつけている場面が目に浮かぶ。

「北野のやり口は、あの官僚上がりの男に比べると、わたしが昔やっていたことと大差ない。裏情報を使う所などは、そっくりだ」

「それは違います。社長は株主や投資家のために働いている。勇次さんは自分の利益のためだった。そうでしょう」

「自分のためばかりではない。持ちつ持たれつでやっていた」

勇次は真崎を睨んだ。真崎は視線を逸《そ》らした。

「それに社長には、どんなことをしても勝たねばならない、狙った会社の株価を上げなくてはならない事情がある」

真崎は目を伏せた。なにか迷っているような暗い顔になった。八の字眉毛を盛んに上下させている。

「事情？」

「口は堅いですね」

真崎が念を押した。勇次は頷いた。

「社長の抱える大口投資家、金主のことですが……」

真崎は話を中断し、頭を振ると、「止めておきましょう。勇次さんには関係のないことだ」

勇次は追及を止めた。真崎が話したくなるまで、待つだけだ。

「帝都食品をどうするつもりだ」

勇次が訊いた。

「高山を引きずり下ろしたい。たとえ提案が否決されても、それだけはなんとか実現したい。わたしは彼に尽くして、裏切られた。その恨みだ」

真崎は言った。

「くだらない」

勇次が真崎を蔑《さげす》むように見た。

「そんなことはない。わたしをゴミのように捨てた報いは受けるべきだ」

真崎が興奮して、勇次を睨んだ。この真崎という男は、八の字眉毛で穏やかそうに見えるが、激しさをぎりぎりまで隠している。

「それにわたしは帝都食品を追い詰める情報を持っている」

「それはなんだ」

「帝都食品が製造販売している冷凍食品がある。その中に日本では認可されていない添加物が使われている。もしこのことが世間に知れたら、帝都食品の業績は急降下する。これはわたしの持ち込んだ情報だ」

真崎は声を詰まらせるように笑った。嬉しそうに顔を緩めた。よほど自分を捨てた帝都食品が憎いのだろう。帝都食品も厄介な男を敵に回したものだ。彼は勇次のことも、帝都食品に恨みを持つ者として心を許しているに違いない。

「一緒にやりましょう」

真崎は勇次を真剣な目で見つめた。

「わかった。ところで藤本麻由美という女を知っているか。帝都食品にいたはずなのだが」

勇次は注意深く真崎の顔を見つめた。

「藤本麻由美……」と真崎は呟き、記憶を探るような目をした。

「そういえば、秘書室にそういう名前の女がいた」

「その女はどうした」

「わたしが社長に紹介した。その後は社長と付き合ったようだが、すぐに別れたと思う」

「捨てられたのか」

「社長は女を捨てるのは何とも思わない。女が哀れになるほどだ。その女がどうかしたのか。勇次さんの知り合いか」

「いや、なんでもない」

勇次は表情を変えずに言った。

覚悟は決まった。麻由美を弄《もてあそ》び、捨てた者に責任を取らせる。皮肉なことだが、ちょうど真崎が自分を捨てた帝都食品に報いを受けさせたいと思っているのと同じだ。

「真崎、いつまで北野と組むつもりだ」

勇次が訊いた。

「行くところまで行きます」

真崎の八の字眉毛がぴくりと動いた。

8

結局、帝都食品は北野の提案を拒否した。

会社側は不動産投資の減額、配当の年間二十円増額、自社株買入れ消却百億円などの妥協案を提示したが、北野との合意は得られなかった。もちろん真崎の社外取締役就任も拒否された。

高山は北野に向かって「わたしの会社だ」と大声で叫び、禿げ上がった頭を興奮で赤く染めたという話だ。

この結果、会社側の提案と北野の提案が、株主総会で審議されることになった。総会出席株主の保有する議決権のうち、どちらかが過半数の賛成を獲得すれば成立することになる。

真崎の話していた食品添加物の問題を、勇次は藤堂に伝えた。勇次は、北野たちの脅しに屈せず、事実を公表することだとアドバイスした。藤堂は「高山会長に伝える」と約束した。

株主総会を数日後に控えたある日、帝都食品は添加物スキャンダルを公表した。それは大きく採り上げられ、新聞の一面を賑わせた。老舗の食品加工メーカーとして消費者の信頼を得ていただけに、ダメージは大きかった。

マスコミは株主総会の混乱を予想し、高山会長の責任問題に発展するだろうと書きたてた。

北野は誤算が続いていた。今までは会社側がかなりの程度譲歩し、株主総会には北野の提案を採り入れた議案が提出されていた。今回のように株主総会で真っ向から雌雄を決するのは初めてのことだった。

彼の最大の誤算は、帝都食品が株主総会前にも拘らず、食品添加物スキャンダルを公表したことだ。普通は株主総会前にスキャンダルなど公表しない。そこにつけこむはずだったが、完全に当てが外れた。さすがは高山だと勇次は感心した。

株主総会は明日だ。

帝都食品は警戒を強めていた。特に大口の株主の動向には神経を尖《とが》らせていた。銀行は押さえたが、添加物問題などで高山会長の経営が批判されていた。個人の大株主や同族たちが態度をはっきりさせていない。彼らに対する北野の攻勢も強まっているのだろう。当日になって会社提案に反対票を投ずる恐れがないとは言えなかった。何が起きるか分からない。それが株主総会だ。

勇次はこの株主総会を徹底的に混乱させようと考えていた。混乱の中で会社側の提案を可決させ、北野たちを排除するのだ。北野を挫折させる。それが狙いだ。

藤堂と会った。

「食品添加物の情報は有り難かった。そのほかに何か情報はあるか」

「北野は大口株主の賛成票取り込みに奔走している。かなり成果が上がっている」

「そうか」と藤堂は肩を落とし、「厳しい総会になりそうだな」と言った。

「例の手帳の件は、何か分かりましたか」

勇次が訊いた。

「今、手帳に書いてある会社や個人を、個別に調べている。なんとか明日には間に合わせたい」

藤堂が言った。

「藤堂さん、明日の総会はわたしに仕切らせてほしい。北野の晴れ舞台にはさせない」

勇次は藤堂に頭を下げた。

「会社が依頼するわけにはいかない。しかし誰もお前がやることを邪魔はしないし、させない。好きにやれ」

藤堂は微笑を浮かべた。

「ところで、どう仕切るのだ」

「古典的なやり方でやらせていただきます。飛び跳ねている若い奴を懲《こ》らしめるのに一番の方法です」

「時代に合わないのじゃないか」

「そうかも知れません。だが総会屋としての意地と、麻由美の仇《あだ》を討つためです。大川流を教えてやります」

勇次が藤堂を見つめた。藤堂は大きく頷いた。

「社内から若いのを貸して貰えませんか」

「分かった。指揮はお前に任せる」

「くれぐれも株主である社員を選んで下さいよ。誰でもいいからと株主でない者を選ぶと、議場に入れない」

「心得た。明日が待ち遠しくなってきたな」

「帝都食品にも迷惑がかかるかもしれない。それは勘弁して欲しい。わたしにとって総会屋としての最後の仕事にします」

勇次は軽く頭を下げた。

「思う存分やってくれ」

藤堂は力強く言った。長い間総会屋と対峙《たいじ》してきただけのことはある。覚悟が決まっている。

9

帝都食品株主総会会場となった銀座東都ホテルは、異様な熱気に包まれていた。続々と人が集まり始め、五百人収容の会場は総会開始二十分前には一杯になっていた。

真崎と北野と一緒に、勇次は最前列から二列目に座った。ここが会場に置かれた立ちマイクに一番近い。出来るだけマイクに近い方がいい。北野が喋りやすいからだ。

マイクの周りには、藤堂に頼んで集めて貰った若い社員株主が座っていた。彼ら社員株主の近くには、勇次が声をかけた旧《ふる》い友人たちが集まっていた。勇次が目で合図した。大川が死んでから久し振りに集まった広島グループのメンバーだ。皆、総会屋稼業を廃業し、正業を得ているにも拘らず、勇次の呼びかけに集まってきた。久々の舞台に目が輝いている。やはり血が騒ぐのだ。

隣に座る真崎と北野は打ち合わせに必死だ。北野の案件が総会に持ち込まれるのは初めてだ。

これまでは取締役会で決着がついた。今回は異例だ。誤算続きの彼らにとっては正念場だ。

「勇次、来ていたのか」

藤堂が声をかけてきた。いつものように口元を歪めている。関係を見破られないように、口調はきつい。

「めずらしい奴がいるな。お前、真崎じゃないか。お仕事かい？」

藤堂は、少し馬鹿にしたような口調で言った。

「気安く名前を呼ぶな」

真崎はきつい調子で咎《とが》めた。そして北野を見て言った。

「こいつは高山に媚《こび》を売って、帝都食品の番犬になったのですよ」

北野は黙って書類を見ていた。

「番犬とは酷《ひど》いな。世話になった会社に泥を塗るとは、いい死に方しねえぜ」

藤堂が言った。

「うるさい」

真崎が怒鳴った。

藤堂が勇次に視線を送る。勇次は立ち上がって藤堂の傍《かたわら》に近づいた。

「藤堂さん、あっちへ行こう」

勇次が言った。

「勇次さんは、もう総会屋じゃない。藤堂、変なまねするな」

真崎が怒った。

「大丈夫だ」

勇次は真崎に言った。

会場の隅に藤堂と二人で並んだ。真崎がこちらを見ている。

「あまり真崎を挑発しないで下さいよ」

「悪かった。あの眉毛を見ると、からかいたくなってな。ところであの手帳の調べがついた」

「何か分かりましたか」

「北野は西海組の資金を運用している」

「西海組……」

「そうだ。お前とも因縁は浅くない。大川殺しも西海組の仕業と言われたからな」

「なぜ、北野が西海組に近づいた？」

「北野は学生の時から、西海組若頭の安宅《あたか》組長に可愛がられていた。同じマンションに住んでいたらしい」

「安宅組……。あの暗殺された組長ですか」

「そうだ。手帳には、西海組の関係者やフロント企業の名前がたくさんあった。彼らの懐には、不良債権処理で稼いだ金が唸《うな》っている。それを表に出したくて仕方がない。北野は格好のマネーロンダリング機関というわけだ」

「それで分かった。北野に修羅場の匂いがした理由《わけ》が……」

「安宅が殺されて、北野は後ろ楯を失った。失敗が許されない状態だ。かなりの金を預かっているからな」

藤堂はちらりと北野の方に目を遣った。そして、こっそりと手帳を勇次のポケットに滑り込ませた。

「麻由美さんは北野が西海組に関係していることを知った。だから、北野は怖いと言っていたのだろう。それが悩みにもなった……」

藤堂は耳元で囁いた。勇次は、思わず涙がこぼれそうになるのを抑えた。

「頼んだよ」

「分かった」

勇次は席に戻った。

「長かったですね。何か言われたのですか」

真崎が訊いた。

「昔のことだ」

勇次が言った。

役員や部長が壇上に並び始めた。入場する際に一礼するが、その顔は一様に緊張している。

午前十時になった。

「定刻になりました」と司会役の総務部長が話し始める。会場はしわぶき一つなく、静まりかえっている。

年に一度の大舞台だ。

勇次は久々に興奮してくるのを感じていた。この興奮は株主総会でしか味わえない。やっぱり根っからの総会屋か、と勇次は苦笑した。

藤堂は会場の隅で壁にもたれて所在なげに立っている。力を抜いた様子に見せているが、目だけは鋭く会場を見つめている。目と目が合った。軽く頷く。藤堂も頷き返した。

「定款《ていかん》の定めにより、議長を務めさせていただく会長の高山です」

高山が挨拶を始めた。ぎょろりと目を剝《む》き、禿げた頭を興奮で赤く染めている。

高山は議決権行使書の枚数を発表し、株主総会が有効に成立していることを宣言した。

監査役が適法に決算されていると、型どおり発表する。議事は順調に進む。

高山が会社の業績や景気動向について話し始めた。招集通知書を読んでいるだけなのだが、ベテランの域に達した強い声が、朗々と会場に響き渡る。

北野がじっと高山を見つめている。端正な横顔が際立つ。この男が麻由美を捨てたのかと思うと、その横顔を切り裂いてやりたくなる。襟首《えりくび》を摑んで、麻由美のことを、この場で問いただしてやりたい。拳《こぶし》を握り締め、ぐっと腹に力を入れる。こうしていないと殴りかかりかねない。

「第一号議案、利益処分案について……」

高山が議案説明に入る。

「議長」

鋭い声で北野が立ち上がった。高音の、よく通る声だ。出席者が一斉に北野に注目する。ブランド物のスーツを着こなした北野が周囲を見渡すと、会場が静まりかえった。

高山がゆっくりと顔を上げた。

「議長！」

北野が再び叫ぶ。

「株主番号を言って下さい」

高山が制する。

「株主番号八十二番。当方の議案を説明させて欲しい」

「わたしの後にしていただきたい」

高山が落ち着いて諭す。

「座れ！　座れ！」

会場から声が上がる。若手社員と勇次の仲間が声を出している。

「株主に説明させろ」

真崎が立ち上がって叫ぶ。会場の声に負けじと大声を張り上げる。真崎が勇次を振り返って、見た。協力しろと促している。勇次は動かない。

「裏切り者！」

会場から声があがる。古巣に弓を引いている真崎を糾弾しているのだ。いつもの穏やかな顔をかなぐり捨て、真崎は声のする方に鋭い視線を飛ばし、

「もう一度言ってみろ」

「何度でも言ってやる。裏切り者に裏切り者と言って悪いか」

会場が騒がしくなってきた。誰もが興奮し始めていた。

「お静かに……」

高山が声を張り上げる。

「落ち着け」

北野が真崎のスーツの裾《すそ》を引く。真崎は、「くそっ」と吐き捨てるように言って席に着く。

「第二号議案、自己株式取得の件」

高山は会場の興奮と無関係に淡々と議案を読む。声の調子に乱れたところはない。

「議長」

北野がまた叫ぶ。

「あなたの提案は招集通知書にも記載されています。後ほど必ず説明の機会をお与えいたしますので……」

高山が北野をまっすぐ見据える。

北野は座らずにマイクの方に向かった。真崎が拍手する。

「議長の運営を邪魔するな」

会場から声が出る。北野は無視する。堂々とした態度。度胸が据わっている。

高山は議案を読み続ける。

「第三号議案、定款一部変更の件」

「第四号議案、社外取締役選任の件……」

「議長、もういいだろう。こちらの議案を説明させてくれ」

北野がメタルフレームの眼鏡を指で押し上げる。

「以上の議案を一括してお諮《はか》りいたします」

高山が議案の説明を終えた。

北野がマイクを持って会場をゆっくりと見渡す。一八五センチの美丈夫だ。立つだけで華がある。会場の株主たちの視線が集まる。北野は高山に語りかける。

「高山会長は帝都食品に長く君臨し、経営を私物化し、株主の声を無視し続けている。先頃明らかになった不正な添加物問題においても、なんら責任を取ろうとしない」

北野が株主提案の趣旨を説明し始める。

「株主番号を」

高山が発言に水を差そうとする。

「さっき言っただろう。ボケているのか」

真崎が叫ぶ。興奮している。

「勇次さん、何か言ってくれ」

真崎が勇次に懇請《こんせい》する。顔が汗ばんでいる。勇次が軽く頷く。

「帝都食品は膨大な金融資産を貯め込むだけで、株主のために有効に使おうとしていない。売上と比較して過大な千二百億円もの現預金や有価証券を、どう活用するつもりなのか、また適正な額はいくらとお考えなのか、お聞かせ願いたい」

高山は隣に座る弁護士に意見を求め、おもむろに北野を見つめて答えた。

「適正な額の現預金、有価証券であると考えております」

「誠実に答えろ」

真崎が叫ぶ。

「適正とおっしゃるが、わたしども株主の利益を考えれば、この現預金などは株価向上のために使われるべきではないのか。株価を低位のまま放置している経営責任を、どう考えているのか」

高山はまた隣の弁護士に尋ねる。これも作戦の一つだ。

「いちいち他人に訊かないで、自分で考えろ」

真崎が大声を出す。

「株価は当社の経営全般に対する市場からの評価であり、業績を向上させることで株価の安定を目指しております。決して無関心に低位に放置しているとは考えておりません」

高山は動じない。北野が会場を見渡した。

「わたしは株価向上のために取得額四百億円を上限とする自己株の取得を提案します。そして配当も一株当たり年間四百円とするべきと考えます。これを提案させていただきます」

「それが可決されるとどうなるんだ」

会場から声が上がった。

「株価が向上し、株主の皆様が潤います」

北野が笑みを浮かべて言う。

「いいぞ。頑張れ」

声援が飛ぶ。北野提案の大胆さに喜んでいる株主がいる。

「株主様がご提案になったように実施いたしますと、当社の経営が不安定になり、将来に責任がもてなくなります」

高山がやんわりと諭す。経営の苦労も知らない若造が何を言うか、といった気持ちが滲み出ている。

「議長、あなたの会社はこの程度のキャッシュを使っても微塵《みじん》も揺るがない。そのことはご自分が一番ご存じのはずだ。それより、ありあまる現預金を投資に回し、大きく損をしておられるのではないか。M社債やA国債での損失額はいくらなのか。明らかにせよ。わたしたち株主は、あなたに証券運用を頼んではいない」

北野が激しく問い詰める。高山は株や債権の運用が好きだ。自分で指図して運用をしている。そこから生まれる損失は明らかに自分の責任だ。その額は数十億になる。

「あなたは株主の利益を考えず、会社の資金を勝手に運用して損失を膨らませている。また今回の添加物事件でも長く問題を放置していた。チェック機能が働いていない。トップの座に二十年以上も座り続けていること自体が問題なのではないか」

北野の声が響く。高山の顔に戸惑いが浮かぶ。損失額や経営責任について、明確に答えられないのだ。

「ですから、社外取締役に弁護士の……」

高山が話し始めるのを北野が止める。

「その弁護士もあなたの友人ではないか。そのような人にあなたを監視できるはずがない」

「そうだ、そうだ」

真崎が合の手を入れる。株主が動揺しているのが分かる。最前列に座るのが大株主だが、なにやら隣同士ひそひそと話をしている。

「わたしたち株主は、あなたの経営を監視するために、当社専務真崎誠を推薦する」

真崎が立ち上がり、高山に低頭した。真崎の顔を見たとき、高山は眼尻をつり上げた。今にも「貴様」と叫びだしそうな形相だ。

「高山、なんとか言え」

一般株主が声を上げる。北野の周りの若手社員株主や勇次の仲間は黙ったままだ。

「あなたはもう経営の第一線から退くべきではないのか」

北野が得意げに話す。完全に高山は北野に圧倒されてしまった。真崎が満足そうに笑みを浮かべている。

勇次がゆっくりと立ち上がった。高山と目が合った。壁際にいる藤堂を探した。藤堂が勇次を見て、親指を立てた。

真崎が勇次を見つめた。助っ人が来たとばかりに、嬉しそうに「勇次さん」と叫んだ。

勇次はポケットの中のエメラルドの指輪と、麻由美の骨片に触れた。硬い感触が伝わってきた。

「北野……」

勇次が言った。

北野が驚いた顔をして、勇次を振り返った。まさか自分が呼びかけられるとは思っていなかったのだろう。

「不規則発言を許して下さい」

勇次は高山に軽く低頭した。

高山は黙って、勇次を見つめていた。藤堂から勇次に関しての情報を耳打ちされているのだろう。

勇次は再び北野に向き直った。真崎が不安そうな顔をしている。

「北野……」

「なんだ。木下さん」

「お前は株主の利益と言っているが、本当は違う」

「何を言う。わたしは株主の利益のために戦っている」

北野は不愉快な表情を浮かべて、マイクを握り締めた。

「お前が西海組のために働いていることは、とっくに承知している」

勇次の発言を聞いて、真崎が悲鳴をあげた。会場にざわめきが起きた。暴力団西海組の名前を知らぬ者はいない。会場の株主はこれから何が始まるのか、固唾《かたず》を呑んで静まり返っていた。

「ばかな。何を証拠に……」

北野はわずかに動揺の色を浮かべた。

勇次が黒い手帳を掲げた。株主全員に見えるように高く掲げた。北野も、真崎も、黒い手帳を見つめている。

「これはお前の手帳だ。ここにはお前の金主の名前がびっしりと書かれている」

「それをどこで……」

北野は青ざめた。声が途切れた。

「この手帳か。これはお前を懲らしめてくれと天が俺に送って寄越したものだ」

麻由美が自殺する直前に、この手帳を里美に郵送してきた。麻由美は北野の恐ろしさを誰かに告発してもらいたかったに違いない。それが北野を悪から救いだすための愛からでたものかどうかはわからない。

「なにをするつもりだ。邪魔するな」

「さっきから聞いていれば、お前は株主、株主と言っている。しかしその実態は西海組のフロント、マネーロンダリング機関だ。そのような者が株主の代表面《づら》をするな。おれは生粋《きっすい》の旧い総会屋だ。お前のように器用には生きられない。しかしヤクザの手先になって正義面をする奴を許すわけにはいかない」

勇次の声が会場に響き渡った。

真崎が立ち上がり、情けない顔で、

「勇次さん、止めてくれ」

高山は意外な展開を、壇上から眺めている。

「誰だろうと株主は株主だ」

北野が辛うじて言った。

「お前はヤクザの手先だ。ヤクザのマネーロンダリング機関だ。コーポレート・ガバナンスを語るな。恥を知れ」

勇次が会場を見渡す。

「ヤクザ、ヤクザなのか……」

会場がざわめく。

「ヤクザは帰れ！　出ていけ！」

会場から声があがる。勇次が手配した総会屋仲間だ。それに社員株主が呼応する。

「お静かに……」

高山が会場に注意する。

「北野、これに見覚えはないか」

勇次がエメラルドの指輪を北野に突きつけた。

「それはなんだ」

「指輪だ」

「そんなもの、覚えていない」

「これはお前が藤本麻由美という娘に贈ったものだ」

「藤本麻由美……。そんな女は知らない」

「知らないとは言わせない。彼女はこの帝都食品に勤めていた」

北野は記憶を探るような顔をして、

「あの女か……。あの女がどうした。なんの関係がある。確かにエメラルドの指輪を贈ったことがある。一時期は愛していたからな」

「その娘はわたしの娘だ。お前に捨てられ、死んだ。お前が殺したのだ」

勇次が言った。北野に向かって再び指輪を突きつけた。会場が騒がしい。議案と関係のないことで二人の男が争っている。

北野はやっと勇次の言葉を理解して、突然笑い出し、

「老いた総会屋が娘の仇討ちか」

「ひとりの女の人生を玩具のように弄ぶ男に経営を語る資格はない」

「いい娘だった。親に似ず、な。あなたの娘だったとは驚いた。自殺は彼女の選択だ」

北野は冷たく言い放った。

「感傷に浸るのはよせ。ここはわたしの仕事場だ。議案の説明を進めるぞ。真崎、木下を抑えろ」

北野が真崎に命じた。

真崎が立ち上がる。

「麻由美に謝罪しろ」

勇次は指輪を力を込めて投げた。麻由美の悲しみ、悔しさ、全てを込めた。北野に向かって、一直線に指輪が飛ぶ。「うっ」と呻《うめ》いて、北野は額に手をやる。

「てめえ！」

北野の端正な顔が怒りに崩れた。指の間からは血が流れている。額が切れた。

「いよいよ正体を顕《あらわ》したな。株主の代表様よ」

勇次が手を挙げた。それを合図に北野の前にいた社員や総会屋仲間たちが立ち上がった。

北野を取り囲み、

「ヤクザは帰れ！　ヤクザは帰れ！」

「黙れ、俺に発言させろ。違法だぞ」

北野が社員たちを振り払おうと、もがく。株主の発言を妨害する事は違法になる。北野の言う通りだ。

「皆さん、お座り下さい。静粛にされなければ、退場を命じます」

高山が会場に注意を与える。

「議長の忠告を聞け！」

北野が声を張り上げる。顔に焦りがあらわれている。

勇次は立ち上がったまま、手を回し続けた。その手の合図に合わせ「ヤクザは帰れ！」コールが会場を埋め尽くす。

総会屋仲間が先導している。見事なものだ。会場と呼吸がぴったりだ。

「北野は株主の代表じゃない。ヤクザだ」

勇次の声が響き渡る。

「勇次、娘の仇を討て！」

誰かが勇次を励ます。

会場は興奮と混乱に包まれた。藤堂を見る。彼は腕を組んだまま、眠ったように目を閉じていた。

「議長、採決しろ」

勇次が叫んだ。高山を指差す。

「採決だ。採決だ」

会場から高山に採決を促す声が上がる。

「それでは採決に入ります。わたくしどもの提案した議案に賛成の方、拍手をお願いします」

ワーッという雄たけびとともに、拍手が会場一杯に鳴り響いた。

「賛成多数と認めます。これで議事は全て終了いたしました」

高山は最前列の大株主たちが賛成の拍手をしたのを確認した。大株主が賛成を表明している。これで採決は有効だ。北野の提案に心を動かしていた株主も、北野がヤクザの手先と聞いて、迷いがふっ切れたのだ。

「定時株主総会を終了いたします」

高山が高らかに総会の終了を告げた。役員たちが会場に一礼をする。拍手が湧き起こる。すぐに株主たちは帰り仕度のために席を立ち始めた。

「待て。まだ終っていない」

北野が苛立ちを高山の後ろ姿にぶつける。

「見苦しいぞ。お前の負けだ」

勇次が叫んだ。

「負けてはいない。こんな総会があるか。法廷に持ち込むぞ」

北野が怒りに満ちた顔を勇次に向ける。

総会屋仲間や社員に取り囲まれた北野に勇次が近づく。北野の傍には怯《おび》えた顔で真崎が立っていた。

勇次は北野の顔を睨みつけた。右の拳の中に麻由美の骨を握り締める。拳を繰り出す。思い知れ。拳が北野を捉える。顔面にあたる。鈍い音。北野の顔が歪み、身体がぐらりと揺れる。襟首を締め上げる。息を詰まらせた。もう一度北野の顔面に思いきり拳を打ちつける。鼻が砕ける。

すっきりと伸びた鼻梁《びりょう》が歪む。赤い血が吹き出て、北野のワイシャツが赤く染まる。

勇次は拳を広げた。麻由美の骨が粉々に砕けていた。

「何をする！」

真崎が勇次に飛びかかろうとする。総会屋仲間と社員にたちまち組み伏せられる。

「麻由美の悔しさを思い知れ」

勇次が拳を振り上げる。北野が後ずさりする。逃げる。スーツを掴み、北野の身体を引き寄せ、拳を腹に食い込ませる。北野はうめきながら、崩れる。真崎が、大声で叫んでいる。総会屋仲間に身体を押さえられ、逃れようと身体を激しく動かしている。こいつが麻由美をだましやがった。許せない。勇次の腕が伸びる。真崎を掴み、顔を上げさせ、睨みつける。真崎の怯えた顔。小刻みに頬が震えている。勇次が拳を振り上げる。真崎の顔面に食い込む。眼鏡がふっ飛んでいく。

株主たちが北野と真崎を取り囲む。周りから歓声が湧く。北野も真崎も震えながらしゃがみ込んでいる。勇次が彼らの頭上で拳を開く。その手から、麻由美の骨がこぼれる。粉雪のように白く舞いながら北野と真崎の髪の上に落ちた。

「麻由美の骨だ」

勇次が言った。

北野と真崎は「ひえっ」と悲鳴ともつかぬ叫びをあげ、白い粉を慌てて払い落とした。

「お前はもう西海組にとって利用価値がなくなった。今日の騒ぎが報道されれば、警察がすぐに調べ始めるだろう」

人垣の中に藤堂がいた。かすかに笑って親指を突き上げた。もうその辺にしておけ、と言っているようだ。

北野と真崎は青ざめた顔で勇次を見上げている。

「これがわたしの総会の荒らし方だ。旧いやり方かもしれないが、広島グループ、大川流だ」

勇次が言った。仲間たちが歓声を上げげた。

北野と真崎は、取り囲んだ勇次の仲間や若手社員に抱きかかえられて、会場の外に連れ出された。

会場には勇次と藤堂の二人きりになった。パイプ椅子が乱れている。兵《つわもの》どもが夢の跡だ。

「ばかな騒ぎを起こしました。何の罪になりますか」

勇次が訊いた。藤堂は笑って何も答えない。

「こんどこそ本当に引退しますよ」

勇次が言って、笑った。

「それがいい」

藤堂も微笑した。

乱れた椅子の傍に、緑の石が光っているのが見える。エメラルドの指輪だ。勇次は拾い上げ、ポケットに入れた。明日、麻由美の墓に持って行こう。麻由美に今日のことを報告しなくてはならない。その時、墓に埋めてやるつもりだ。あんな奴から贈られたものだが、麻由美はこれを捨てなかった。麻由美にとっては大切な物に違いない。勝手に処分するわけにはいかない。

「麻由美、こんなことしか出来ない下らない父親の事を、許してくれ」

勇次が指輪に囁いた。

ふと、麻由美の墓に供えたローズマリーを思い出した。強く甘い香りの記憶が鼻腔を刺激する。

勇次の掌《てのひら》には、僅かに麻由美の骨が残っていた。

奪われた志

1

鳥のさえずりが聞こえる。勇次はまどろみの中にいた。うっすらと目を開ける。カーテンの隙《すき》間《ま》から明るい陽《ひ》が差し込んで来る。

ベッドの脇《わき》に置いた携帯電話を手探りで取った。携帯の着信音に鳥のさえずりは相応《ふさわ》しくない。やっぱり心臓が止まりそうなほどドキリとする音がいい。

「はい……木下です」

勇次は寝ぼけた、はっきりしない声で答えた。

「勇次か。俺だ、俺……」

こういった手合いが一番困る。名前を名乗らないことに意義を感じているのだ。相手は声で当然分かるはずだと信じている。

「どちら様ですか。名前がございましたら名前をどうぞ」

「水臭い奴だな。俺だ。藤堂《とうどう》だ」

藤堂三郎。元警視庁暴力団対策課刑事だ。

「藤堂さんか。何か用ですか」

「おい、いま何時だと思ってるんだ」

勇次は時計を見た。午後一時だ。道理で明るいはずだ。

「十二月だというのに、今日は天気がよくて温かいぞ。こういうのをインディアンサマーとでも言うのかね」

「なかなか小粋《こいき》なことを言いますね」

勇次はカーテンを思い切り開いた。部屋の隅々にまで光が満ちた。窓から眺める町は、冬が去って春が来たかと誤解しそうな陽気だった。

「確かにいい天気だ。寝ているのがもったいない」

「そうだろう。ちょっと渋谷まで出てこないか。かわいい娘さんが、勇次に頼み事があるらしい」

「かわいい娘……」

勇次はちらりとテーブルの上に置いた麻由美の写真を見た。二十四歳で死んだ一人娘だ。

「来るかい？」

電話口で藤堂が含み笑いをしているのが分かった。

「三十分後でいいですか」

「渋谷駅南口のSフルーツパーラーで待っている」

藤堂は電話を切った。

Sフルーツパーラーはすぐ分かった。一階が果物屋になっている。二階が喫茶だ。勇次は階段を上がった。

藤堂とは六月末の帝都食品の株主総会以来、時々会っていた。

あの時は麻由美を自殺に追いやった北野征也《まさや》を徹底して追及した。投資ファンドを経営する北野は、広域暴力団西海組の資金をバックに帝都食品の株を買い占めていたが、勇次の追及に音を上げて株を売り払い、手を引いた。警視庁の捜査対象になったとの情報も聞く。今はおとなしくしているようだ。

「こっちだ。こっちだ」

階段を上がったところで店内を見渡すと藤堂が手を振っている。大声で呼ばれてもちっとも嬉《うれ》しくない。猫背気味で細く鋭い目をした藤堂がいる。笑っているのか怒っているのか判別がつかない。

「お待たせしました」

「俺も今来たところだ。奢《おご》るぜ」

勇次は周りを見渡した。渋谷だけに若者のペアが多い。藤堂も節くれだった指で細く長いスプーンを操り、アイスクリームを掬《すく》っていた。チョコレートアイスの上にフルーツが山盛りになっている。

故郷新潟の冬が蘇《よみがえ》った。叔父が買ってきた不二家のクリスマスケーキ。外はたちまちに凍えてしまう吹雪。冷たいアイスクリームを一さじ掬って口に入れると、瞬く間に勇次の目の前に夏が広がった。新鮮な驚きだった。

「喰ってみろ。なかなかいけるぞ」

藤堂はアイスクリームをスプーンに載せて勇次の口まで運んできた。恥ずかしくて手で遮《さえぎ》ると、藤堂は「美味《うま》いのになあ」と残念そうに呟《つぶや》いて自分の口に入れた。

「コーヒーでも貰《もら》います」

「面白くない奴だな」

「ところで相談って何ですか。かわいい娘とか……」

「来た、来た」

藤堂が入り口を見て、顔が崩れるほどの笑みを浮かべた。勇次も藤堂の視線の方向に目を遣《や》った。紺のハーフコートを着たショートカットの少女が笑顔でこちらに向かって歩いて来る。

「おじさん」

少女が手を振った。目鼻立ちの整った清潔な印象だ。藤堂が野太い声で呼んだ。修羅場が顔の皮膚に貼り付いた藤堂とは、全く似つかわしくない組み合わせだった。

2

少女は榊原《さかきばら》ひろみと言った。中学二年、十四歳。藤堂の隣の家に住んでいる。親戚《しんせき》同様の付き合いで、藤堂は「警察のおじさん」と呼ばれているらしい。

ひろみはホットケーキにフルーツやアイスクリームを添えたメニューを頼み、美味《おい》しそうに食べ始めた。

「つまり相談というのは、父親がなぜ自殺をしたか、その原因を探って欲しいということですか」

「そうだ。明るくていい奴でな。とても自殺なんかするとは思えないんだ」

藤堂の話によると、ひろみの父親の榊原良一はマンションなどの内装工事を請け負う会社の社長だった。年間売上高十五億円程度、従業員が二十人の典型的な中小企業だ。ところが、先月十一月の中旬に突然、自家用車に排気ガスを引き込み、自殺してしまった。遺書には会社の資金繰りの悩みが書かれていたが、外目には特に経営が厳しいようには見えなかった。

藤堂は葬儀の後、気になって会社の税理士に訊《き》いてみたらしい。「会社は決して悪い状態じゃない」と税理士は言い、「貸し渋りですかね」と嘆いたという。

「貸し渋り……」

勇次は呟いた。

「今、銀行は中小企業への融資を嫌がったり、強引に回収したりしている。それを貸し渋り、貸し剝《は》がしというらしい」

藤堂は言った。

「来年になったら、お父さんとハワイに行く約束をしていたの。絶対に会社が苦しかったなんてことはありません」

ひろみは膝《ひざ》の上で拳《こぶし》を握り締め、勇次を見あげて強い口調で言った。目に涙がたまっていて今にも溢《あふ》れ出しそうなのを、必死で我慢している。気の強い娘のようだ。

「おじさん、この人も警察なの？」

ひろみが疑わしそうな目で見ている。つぶらな瞳《ひとみ》を見つめていると、麻由美を思い出す。死んだ麻由美はいつまでも若い。

藤堂はにやりと笑って、「警察より怖いおじさんだ」と言った。

勇次は苦笑いした。

勇次は総会屋だ。総会屋は『株主として権利を行使する際に、企業を脅すなどして不当な利益を得ようとする者』と定義される。いわゆる企業ゴロのことだ。勇次は切れ者の総会屋として鳴らしたが、今は目立った活動はしていない。日本情報社と名乗って細々《ほそぼそ》と企業情報を提供する程度だ。

「警察より怖いおじさん、携帯の番号を教えて」

戸惑《とまど》う勇次に、ひろみは重ねて言った。

「これから連絡を取り合うのに、必要でしょう。変に思わないで」

勇次は、自分の携帯を取りだし、画面に番号を映しだした。

「携帯の番号って覚えられなくてね」

「俺もひろみちゃんのを登録しておくよ」

藤堂も携帯を取り出した。

制服姿の少女を囲んで、背の高い中年男と人相の悪い初老の男が携帯を取りだして、指をぴこぴこと動かしているなんて、渋谷ならではの奇妙な光景だ。

「それ、かわいいフィギュアだね」

勇次はひろみの携帯に付いているストラップのフィギュアを見て言った。ひろみによく似た目の大きな人形だ。携帯に付けるにしては不釣合いに大きい。

「お父さんが亡くなる少し前に買ってくれたの。大事にしなさいって、名前までつけてくれた」

「なんて名前だい」

「ヒロミさん。わたしのことはいつも呼び捨てだったのに、どうしてこっちは、さん付けなのかしら。失礼でしょう。でも、これを付けていると、いつもお父さんがいるような気がするの」

勇次はこの依頼を引き受けることにした。報酬を期待したわけではない。どうせ暇つぶしなのだから。

「とりあえず手始めは、どうしようか」

「取引銀行に事情を訊いてくれ。あそこに見えるＡＢＣ銀行の渋谷支店だ」

藤堂が窓の外を指差しながら言った。赤い看板が見えた。最近合併して出来た銀行《メガバンク》だ。

「お父さんの会社の名前は？」

「榊原工務店よ。わたしも行く」

ひろみは目を輝かせた。

勇次は困惑して、ひろみと藤堂を交互に見た。藤堂は盛んに頷《うなず》いている。藤堂はなにもこれが事件だとは思っていない。少女の父親に対する思いに付き合ってやることで、少女の心を癒《いや》してやりたいのだ。

「わかった。一緒に行くか」

「ここの払いは俺がやっておく」

藤堂はテーブルの上の伝票を取った。

「おじさん、ご馳走さま」

ひろみは立ち上がると、「よろしくお願いします」と頭を下げた。

「おじさんと呼んでいいよ」

勇次はひろみに言った。彼女は「はい」と気持ちのいい返事を返した。

3

「榊原工務店の担当に会いたいのだが」

勇次はロビーの案内係に言った。頭に白いものが混じり始めた実直そうな男だ。

ロビーは混雑していた。窓口には女性行員が十人ほどずらりと並んでいた。処理中の番号を示す表示灯が百番台を示している。機械音声で客が次々と呼びだされて行く。昔はテラーと呼ばれる女性行員が肉声で客の名前を呼んでいた。客を番号で呼ぶようになってから、銀行はサービスが悪くなった。いつごろから銀行は客を人格のある名前から無個性の番号で認識するようになったのだろうか。

「榊原工務店？」

案内係はたちまち顔を曇らせ、「どちらさまですか」と訊いた。榊原を襲った不幸を知っているようだ。

勇次が名刺を渡した。

「日本情報社様、ですか？　マスコミの方でしょうか」

案内係は、あきらかに戸惑いの顔になった。

「いやいやマスコミなんかじゃありません。この子は亡くなった社長のお嬢さん。ちょっとお話を伺いたいだけですよ」

勇次は、警戒心を起こされないように、笑みを浮かべて言った。

「そうですか……」

と案内係はひろみをまじまじと見つめ、「大変だったね」と優しく言った。

ひろみは黙って頷いた。案内係は勇次たちを二階の商談ブースに案内すると、「担当者を呼んできます」と言って立ち去った。

「銀行の二階に上がったのは初めて……」

ひろみが言った。

「二階には貸付などを担当する行員さんがいる。お父さんもここに座ったのだろう」

勇次はソファを掌《てのひら》で撫でた。ひろみも感慨深そうに両手で撫《な》でた。父の温《ぬく》もりを探しているのかもしれない。

「お待たせいたしました。本田です」

眼鏡をかけ、髪の毛をきちんと分けた気難しそうな若い男だ。名刺には『営業三課　本田武』とあった。

「榊原工務店の何が聞きたいのですか」

本田はぶっきらぼうに言った。

「この子は社長のお嬢さん」

ひろみは本田を睨《にら》んで、「榊原ひろみです」と挨拶《あいさつ》した。

本田はひろみから微妙に視線を逸《そ》らしながら軽く頭を下げた。本田の態度に勇次はむかむかとした固まりが腹の底から湧《わ》き上がって来るのを感じていたが、ぐっと押さえ込んだ。

「榊原工務店とは、どのような取引をされていましたか」

「守秘義務がありますから、お答えはできません」

「こちらは社長のお嬢さんなのですよ」

「本当にお嬢さんかどうか分かりません」

本田は鼻で笑った。

「疑っているのか」

勇次はつい声を荒らげた。ひろみがスーツの袖《そで》を強く引っ張らなければ、本田を殴ったかもしれない。

「とにかく守秘義務があるのですよ」

本田は怯《ひる》みながらも、頑《かたく》なだった。彼は榊原が異常な死に方をしたことを知っている。とにかくトラブルに巻き込まれたくないのだ。

「上司を呼んで来ます」

本田は逃げるように席を立った。ひろみは唇を固く引き締め、耐えていた。

しばらくして本田は小太りな男を連れて来た。男は「山内憲一」と名乗った。名刺によると、肩書は課長だ。

「何か身分を証明するものは？」

山内は、ひろみに優しく訊いた。ひろみは勇次に助けを求める目をした。

「学生証か何かを見せてあげなさい」

ひろみがポケットから取り出した学生証を、山内は持っていた書類と照合した。榊原の家族構成が記載されているのだろう。しばらくして書類から目を離すと、

「お父さんのことはお悔やみ申し上げます」

と言った。勇次は山内を見た。

「榊原さんの会社はいい会社だったと聞いていますが……」

「仕事熱心な方でした」

「取引の内容は？」

「手形割引と長期資金、それに工事代金回収までの繫《つな》ぎ資金を提供しておりました」

「順調な取引だったのでは？」

「ええ、まあ……」

山内は口を濁《にご》した。隣に座った本田は黙って俯《うつむ》いたままだ。

「順調ではなかったのですか」

勇次は山内の曖昧《あいまい》さを質《ただ》した。

「あなたの銀行が貸し渋りしたと言う者がいます」

「そんなことは絶対にありません」

山内は語気を強めた。

「では、なぜ順調だった榊原さんが資金繰り難に見舞われたのですか」

「貸し渋りではありません。銀行として正当に判断して将来性がないと考えました」

「将来性がない？」

「榊原さんの会社は大手デベロッパーのキングマンションの仕事が中心で、仕事量の七〇パーセント以上を占めていました」

「キングマンションというと、低価格、都心型のマンションで急成長している会社ですか」

山内は頷《うなず》いた。

「キングマンションは、設立して十年で東証一部に上場しました。社長は神田《かんだ》直樹といいますが、東京大学法学部を卒業してマンション業界に飛び込んだという人物です。このキングマンションの内装を手がけられるようになり、榊原さんの会社も成長しました。ところが急に仕事がなくなることになりました。キングマンションから仕事を打ち切られたのです。それで資金繰りが急速に悪化して、返済猶予《ゆうよ》のご相談に来られました」

「その相談に乗らなかったのですね」

「乗らなかったのではありません。乗れなかったのです。売上の七割を占める取引先がなくなったら、どうしようもありません」

山内は表情を変えずに言った。小太りで、一見、人がよさそうに見えるが、なかなか冷徹な判断をする男のようだ。

「詭弁《きべん》だな」

「詭弁ではありません。合理的な判断でした」

山内が反論している間も、本田はじっと耐えるように黙っていた。我慢をしているという感じだ。ひょっとして山内との間に榊原工務店支援を巡って、激しい対立があったのかもしれない。

「お父さんは会社が苦しいなんて一度も言いませんでした。一緒にハワイに行く約束をしていたんです」

ひろみは訴えるように言った。

「お父さんはＡＢＣ銀行を頼りにしていたのに……」

「銀行に迷惑もかけず、一途《いちず》に仕事をしてきた会社を、大口取引先がなくなったからと言って、すぐに見放すなんて、あまりに非情じゃないか」

勇次は山内を睨んだ。

「冷たいのね……銀行って」

ひろみも山内を見つめた。

「ご焼香にも行かずに、申し訳ありません。ご相談事もありますので、一度会社をお訪ねいたします」

「来て貰わなくていい。こんな冷たい人を頼りにしていたなんて、お父さんがかわいそう」

勇次はひろみの手を取った。小さく、冷たい手だった。

「身勝手な判断を、合理的などと言うな」

勇次は吐き捨てるように言って、席を立った。

「あなたの街のパートナーだって。笑っちゃうよね」

銀行のポスターに怒りをぶつけていたひろみの瞳が強い光を放った。

「キングマンションに行きたい。仕事を急に打ち切った理由を聞きたい」

勇次はひろみを見つめて、そっと溜息《ためいき》を吐《つ》いた。

4

キングマンションの本社は大手町だった。勇次とひろみは地下鉄を乗り継いで、本社ビルの前に来た。そのビルはかつて大手鉄鋼メーカーのものだったが、業況の悪化でフロアをいくつか売ることになり、新興勢力のキングマンションが入手した。大都会の真ん中でも、自然界と同じように古い者が去り、新しい者が生まれている。

勇次とひろみは八階フロアの受付に向かった。ひろみは勇次の背中に隠れるように寄り添っている。不安なのだ。

エレベーターを降りると、飾り文字で社名が浮き彫りになった木目調の大きなドアがあった。二人が前に立つと、ドアが音もなく左右に開く。正面に制服を着た受付嬢が現れ、「いらっしゃいませ」と明るい声をかけてきた。一分の隙もなく、完璧に統率されている。

「榊原工務店についてお伺いしたい」

勇次は名刺を渡しながら言った。受付嬢は機械的に微笑《ほほえ》み、「お待ち下さい」と受話器を取った。

勇次とひろみが案内された応接ブースで待っていると、一応スーツは着ているが、崩れた印象の細い目の若い男が現れた。

「日本情報社の木下さんって、あなた？」

どんと尻《しり》からソファに身体を投げ出すように座ると、長い足を持て余し気味に組んだ。一部上場企業に勤めている人間とは思えぬ態度だ。ひろみは体を固くして男を見ている。

「総務の内藤真人《まさと》。あなた、総会屋？　女の子連れなんて珍しいね」

内藤と名乗る男は、名刺をテーブルに投げながら笑った。

「総会屋？」

ひろみが勇次の顔を見た。

「総会屋というのはね、ゆすり、たかりをする悪い奴さ」

内藤はひろみに笑いかけた。勇次の名刺からすぐにデータを検索したのだろう。ひろみは「ふーん」と関心のない返事をした。

「それで今日の目的はなあに？　お金は払えないよ」

「金じゃない。榊原工務店のことを訊きたい。こちらは亡くなった榊原社長のお嬢さんだ」

「君が……」

内藤は足を組み直して、ひろみを上から下まで舐《な》めるように見た。ひろみは気味悪そうに身体を引いた。

「知っているのか」

「いや、かわいいと思っただけさ」

内藤は言葉を濁した。

「お宅は榊原さんの会社に多くの下請け仕事を出していた。仕事の七割がお宅だった。ところが突然、その仕事が打ち切られた。将来を悲観して榊原さんは自殺を選んだということになっている。なぜ仕事を打ち切ったのか聞きたい」

「言うことは何もない」

「それはないだろう。こうしてお嬢さんまでやって来ているのだから」

勇次の言葉に、内藤は一瞬ひろみに視線を送った。そして投げ出すように言った。

「仕事のレベルが低かった」

「そんなことない！」

ひろみが叫んだ。

「お父さんは仕事にはとびきり一所懸命だった。レベルが低いなんてこと絶対ない」

内藤はいかにも面倒だと言わんばかりの顔をひろみに向けた。

「事実だから仕方がない。レベルが低いから仕事がなくなった。これが答えさ」

「それなら、レベルの低い会社にあれほど多くの仕事をやらせたのはなぜだ。突然、レベルが低くなったと言うのか」

「もう帰って下さいよ。お願いしますよ。こちらも忙しいんだ」

内藤は、大げさに頭を下げたかと思うと、ぷいと横を向いた。もう何を訊かれても答えは拒否という態度だ。

長身の男がブースに入って来た。

「社長！」

内藤が飛び上がった。

男は社長の神田直樹のようだ。面長で上品そうな顔立ちだが、銀縁眼鏡の奥の目は、薄く笑っているが鋭く、冷たい。

「ちょっと来てくれ」

神田は直立不動の内藤に命じた。

「急用でね、総会屋さん」

勇次を一瞥《いちべつ》して、神田はあっさりと言った。客に対して謝りもしない。

「榊原工務店の者だ」

勇次は語気を強めて言った。神田は軽く頷いた。表情に変化はない。勇次を無視するようにさっさとブースを去る神田を、内藤は低頭したまま見送った。

「さあさあ、帰って下さいね。急用、急用」

向き直った内藤が声高に言った。

「おじさん、帰ろう」

ひろみが立ち上がった。「いいのか？」勇次は問いかけた。ひろみは小さく頷いた。

「また来るかもしれない」

勇次は内藤に言った。

「もう来なくていい。余計なことをすると、お父さんが成仏しないよ」

内藤の言葉に、ひろみの肩がぴくりと緊張した。勇次は黙って内藤を見た。内藤は首を縮めて、視線を宙に泳がせた。

ひろみは父を失った。勇次は娘を失った。いつまでも当然あると思っていたものが、目の前から突然に消える。納得する理由も見つからない。暗く深い空洞を覗《のぞ》き込むような果てしない喪失感に慄《おのの》き、体が震え出す。誰彼となく摑《つか》まえて、なぜだと問いかけたくなるが、答えてくれる者は誰もいない。ただ涙が滲《にじ》んでくる。

勇次はひろみの憮然《ぶぜん》とした顔に自分と同じ孤独を見ていた。

5

「送って行くよ」

「ありがとう」

ひろみは勇次の申し出にやけに大人っぽく答えた。コートの裾《すそ》を両手で強く引っ張っている。そうやって何かをしっかりと摑んでいないと、何処かへ消えて行ってしまいそうになるのかもしれない。

ひろみの家は京王井の頭線の高井戸だ。勇次は各駅停車を選び、ひろみと並んで座った。神泉、下北沢、明大前……電車はゆっくりと走る。窓をいつもの景色が流れて行く。ひろみと麻由美が重なってくる。他人の目には親子に見えるだろうか。しかし記憶を手繰《たぐ》っても麻由美とこうして並んで電車に乗ったことは思い出さない。いつも遠くから眺めていただけだった。

ひろみは一言も口を利かない。携帯を持ち、指先で自分とよく似た少女のフィギュアを弄《もてあそ》んでいた。

ひろみが面会した山内、本田、内藤、そして神田……。誰にもひろみの父親の死を悼《いた》む心がなかった。父親の思い出を語る者はいなかった。無機的に仕事の話をし、勇次とひろみへの警戒心だけを顕《あら》わにした。今ごろ何をしに来たのだと言わんばかりだ。誰もが組織と自分を守っている。ひろみに同情する余裕などないのだ。

「着いたよ」

勇次が声をかけると、ひろみは黙って後をついてきた。二人並んで、高井戸の駅から住宅街の方に歩く。榊原工務店と書かれた看板が見えてきた。ひろみが玄関ブザーを押した。待っていたかのようにドアが開き、女性の顔が覗いた。

「お母さん」

ひろみが駆け寄った。母親の胸に顔を埋め、肩を揺すり、声を出して泣いた。今まで我慢していた怒り、悲しみ、やるせなさ、それらの全てが涙になって溢れ出ていた。

「どうしたの、ひろみ」

勇次は軽く頭を下げた。表札には小夜子《さよこ》とあった。ふわりと柔らかくウェイブのかかった髪が、小ぶりな顔を包んでいる。強い光を放つ黒い瞳が印象的だ。

「藤堂さんから伺いました。すみません、ご無理を言って」

「あまり成果がなくて、こちらこそ申し訳ない」

小夜子が勇次を見つめた。見つめられるとこちらが恥ずかしくなり、思わず視線を外してしまいそうになる。

「どうしました？」

勇次が問いかけた。

「留守中に誰かが家に入ったようなのです」

「盗まれた物は？」

「主人の部屋が荒らされ、フロッピーディスクなどがなくなっていました」

家の奥から男が近づいて来た。精悍《せいかん》な鍛えられた身体をしているのが、服の上からでも分かる。太い眉《まゆ》にしっかりとした鼻梁《びりょう》。まだ四十歳には届いていないだろう。なかなかの美丈夫だ。

「柳清次《やなぎせいじ》です。榊原工務店の専務をしております」

柳は勇次に頭を下げた。警戒心を解いていないのか、目が暗い。

「主人の親戚筋に当たります。長く主人の会社を手伝ってもらっています」

小夜子が柳を紹介した。

「警察に届けますか？」

柳は小夜子に訊いた。

「こちらの木下さんは、お隣の藤堂さんのお知り合い。ご相談しようかと思っていたところなの」

「警察関係の方ですか」

「まあ」

勇次は曖昧に答えた。

「おじさんは警察より怖い人なの。警察のおじさんが言っていた」

ひろみが小夜子に告げた。

「そうなの……」

小夜子は微笑を浮かべて勇次を見た。

勇次は焦った。「警察より怖い人」という言葉に、小夜子が自分を藤堂の上司とでも勘違いしてくれるよう願った。

小夜子に促されて、勇次は家に上がった。小夜子の前をひろみが歩く。

「ひろみ、なんだか嬉しそう」

小夜子が冷やかした。

「だっておじさん、カッコいいもん」

ひろみは振り返って悪戯《いたずら》っぽい表情を見せた。「失礼ですよ」と、小夜子が諌《いさ》めた。柳は無言で後からついて来ていた。

「ここです」

と小夜子がドアを開けた。榊原が事務所として使っていた部屋だ。書類が床に散乱していた。誰かが何かを探したようだ。

「わたしが買物に出かけていた間のようです」

小夜子が言った。勇次が無言で視線を向けると、柳が答えた。

「となりの作業場で設計をしていましたから、何も気がつきませんでした」

「窓が開いているようですね」

「庭に面しているものですから、開けっ放しにしていました」

勇次は窓から顔を出し、外を見渡した。冬枯れたハナミズキが二本立っている。勇次の傍《かたわら》から、ひろみが顔を出した。

「あの木、赤と白の花が咲くの。お父さんが好きだった」

部屋に視線を戻したひろみが、「あっ」と叫んでパソコンに駆け寄った。

「どうした？」

「誰かがお父さんのパソコンを使ったみたい。掃除したとき、キーボードにカバーをかけておいたのに、それが外れているの」

「ほかには何かあるかい」

「本当に、フロッピーディスクやCD-ROMがごっそり持っていかれてる」

几帳面《きちょうめん》な榊原は、作成したデータをかならずバックアップのフロッピーディスクやCD-ROMに保存していたようだ。

「データの内容は？」

「分からない。お父さんは仕事用のパソコンをわたしたちに触らせなかったから」

「警察に届けた方がいいでしょうか」

小夜子が訊いた。

「藤堂さんに相談してみましょう。警察に相談しても十分に捜査してくれるかどうか分かりませんからね」

勇次は答えた。

「木下さんは、警察の人では……」

柳が怪訝《けげん》そうな顔をした。

「おじさんは泥棒の相手なんかしない」

ひろみが怒ったように言った。

「そうだった。警察より怖い人だものね」

柳はひろみに微笑みかけたが、目は冷たく勇次を見ていた。

誰が何を調べたのだろうか。自殺と関係はあるのか。勇次はこの家族との関わりが深くなりそうな予感がした。

ひろみが窓の外を見つめている。父親が好きだったというハナミズキが咲き誇るところを想像しているのだろうか。

「今日はこれで失礼するよ」

勇次はひろみの背中に向かって言った。ひろみが、びくりと身体を反応させて振り返った。

「いつでも携帯で呼び出してくれていい。でも……これ以上お父さんの死について調べるのは止《よ》したほうがいい。辛《つら》いだけだ」

ひろみは父の死の原因を探ると言っていた。何を探り出そうというのか。それよりも父の死を悼む言葉を出来るだけ多く聞きたかったのに違いない。どんな言葉でもいい。父を尊敬する言葉、死を悲しむ言葉、そして自分を慈《いつく》しむ言葉を聞きたかったのだ。しかしそれは叶《かな》わなかった。

「無理を言ってはだめよ」

小夜子がひろみを抱き締めながら言った。勇次は軽く頭を下げた。

死の悲しみは自分で乗り越えるしかない。

麻由美を思いながら、勇次は心の中で呟いた。

6

勇次は仲間の情報屋からキングマンションの情報を集めた。何者が榊原の事務所を荒らしたのか、何を探していたのか、気になったからだ。

バブル崩壊によって、首都圏の地価は急落した。当然のこととしてマンション価格も下がった。最高値をつけた一九九〇年に比べ、平均で約三五パーセントも下落したという。価格の下がったマンションには購入希望者が群がり、住民の都心回帰と言われる現象まで発生した。

銀行にとってもマンションデベロッパーは魅力的だ。高めの金利で大口の融資が実行できる。資金需要の冷え込んだ中にあっては銀行が旨味《うまみ》を吸える数少ない客だ。銀行はバブル期さながらにデベロッパーへの融資を膨らませていた。

こうしたマンションバブルとでも言うべきブームに乗って、キングマンションは急成長していた。明日、帝都ホテルで創立十周年記念パーティを派手にやるという。

社長の神田はかなりのやり手らしい。その手腕はゼネコン相手に発揮される。他のデベロッパーに価格で負けないために、建設費をぎりぎりまで叩《たた》く。ゼネコン泣かせなのだ。そのせいなのかどうかは分からないが、キングマンションには苦情が多く、裁判沙汰にもなっている。

会社は急成長してはいるが、情報屋によると、キングマンションの評判は芳《かんば》しくない。危うい感じがするという。勇次は内藤という総務の若手社員を思い出し、さもありなんと理解した。

鳥のさえずりのメロディが聞こえる。携帯だ。

「おじさん」

携帯を耳に当てると、ひろみが弱々しく悲鳴のように言った。

「銀行の人が来て、お母さんを責めているの。すぐ来て」

勇次は山内が榊原工務店を訪ねると言っていたことを思い出した。

「分かった。今から行く。一時間はかかるから、銀行の人を引き止めておくように」


高井戸の駅に着き、勇次は走った。息が切れるが仕方がない。酒に浸りきった身体にランニングはきつい。ハナミズキの木が見える。息を整え、玄関ブザーを押す。カチリとドアの錠が外され、ひろみが顔を覗かせた。強張《こわば》った表情だ。

「どうした？」

「銀行の人が来て、お母さんにお金を返せって言い出したの」

榊原工務店には銀行借入れが残っていて、それを回収に来たようだ。貸し剝がしだ。

「お母さんを助けてあげて。もうすぐおじさんが来るから、それまで頑張ってと言ってあるの」

ひろみは背広の裾をひっぱった。勇次はひろみにひっぱられるままに、居間に入った。小夜子と目が合った。小夜子の表情が微《かす》かに明るくなった。その隣には柳が暗い顔で座っていた。

居間には、ＡＢＣ銀行の山内とキングマンションの内藤がいた。彼らの視線が勇次に集中した。勇次を見る山内の視線が鋭い。

「悪いけど立ち合わせてもらうよ」

勇次は小夜子の横に座った。ひろみが勇次の背中越しに山内を睨んだ。

「てめえ、なんだ。関係ねえだろう」

内藤が突然立ち上がって叫んだ。

「まあまあ内藤さん、そう興奮しないで。木下さんでしたね。先日はどうも」

山内は頭を下げた。やはり、この男は外見に似ず、したたかな男だ。

「わたしたちは奥様と榊原工務店への貸出金の回収についてお話ししております。木下さん、あなたはどういう立場でここにおられるのですか。全くの第三者なら外して頂きたいのですが……」

山内の言い方は柔らかいが、有無を言わせぬ強さが感じられた。

「木下さんは亡くなった主人の友人で、これからのことをご相談しようと思っています」

小夜子はまっすぐ山内を見つめて言った。勇次は小夜子に軽く低頭した。柳の顔がわずかに強張ったように見えた。

「総会屋に頼み事をするとは、いい根性しているじゃないの」

内藤は嗤《わら》った。

勇次は体に火がついたような感じがした。総会屋の何が悪いと内藤を睨みつけたいのはやまやまだが、小夜子の顔がまともに見られない。どういう思いで内藤の言葉を聞いているのか不安が募った。

「こいつは有名な総会屋だ。警察にも何度かお世話になっている。どうせ榊原工務店の資産を喰いつぶしに来たんだろう」

内藤は鼻を、フイッと鳴らした。勇次は拳を握り締めた。

「奥さん、総会屋なんかを相談相手にしていいんですか。困ったことになりますよ」

山内が勇次を横目で見ながら言った。

「いいえ、主人のお友達ですから」

小夜子は落ち着いた口調で言った。勇次は小夜子をまじまじと見つめた。その気配を察したのか、小夜子がわずかに微笑んだ。

「奥さんがそこまでおっしゃるなら構いませんが……。社長がお亡くなりになってこの会社をどうなさるおつもりですか。融資している二億円は、即刻ご返済して頂かないといけませんよ。もしご無理なら、担保としてお預かりしているご自宅を処分いたします」

山内は言った。小夜子は黙って聞いている。

「なんとか細々とでも続けるわけにはいきませんか」

柳の問いに山内が答える。

「それには条件があります。以前から申し上げているように、キングマンションの系列に入るなら、当行もご支援します」

「うちの社長が不憫《ふびん》に思って、応援するって言ってるんですよ。感謝してもらわなくちゃ。早く資料を寄越すんだな」

内藤が声を張り上げた。

「仕事を打ち切っておいて、いまさら支援なんてどういうことなんだ」

勇次が言葉を挟《はさ》むと、山内が応じた。

「キングマンションの神田社長が、榊原工務店を応援するとおっしゃっています。マンション業界は低価格戦争に突入しており、より一層のコストダウンのためには業者を取り込み、身内にしてしまう必要があります。ゼネコンでさえ系列にしなければならないほどなのです。神田社長はこの榊原工務店を身内にしようと考えておられるのです。有り難いことじゃないですか。ただし、それには榊原さんがお持ちだった資料を提出して頂くのが条件です」

「キングマンションの仕事が七割なら、身内も同然じゃなかったのか」

「榊原さんは少し違いましたね。キングマンションとは道が逸《そ》れ始めていました」

「道が逸れると打ち切り、同じ道を行けば支援する。勝手なものだ」

「そういうものです」

山内は銀行員というより、キングマンションの身内であるかのように平然と答えた。

取り込まれていやがる。

勇次は山内から小夜子に視線を向けた。

「ところで、何の資料が必要なのか、奥さんはご存じなのですか」

「主人はキングマンションの欠陥を告発する資料を作っていたようなのです。でも、わたしはなにも聞いていません」

小夜子は眉間《みけん》に皺《しわ》を寄せた。

「ひろみに訊けって言っているだろうが」

内藤はまた声を張り上げた。ひろみは小夜子の傍で不安そうに立っていた。

「ひろみちゃん、思い出してよ。お父さんから何か預かったでしょう。会社の運命がかかっているのだから……」

柳が半泣きの声でひろみに言った。

「どうしてわたしがなにかを預かっているって思うの？」

ひろみは怒って頰《ほお》を膨らませた。

勇次も不思議に思った。榊原の部屋が荒らされたときも、ひろみは資料のことなど一言も言っていない。

「分かったわ。お父さんのパソコンを触ったり、フロッピーディスクを盗んだのはあなたたちね」

ひろみは叫んだ。

「うるさい娘だな。ごちゃごちゃいわない方がいいよ」

内藤がひろみを睨みつけて言った。

「榊原のパソコンを調べたら、『資料はひろみに預ける』と書かれたメールを見つけたんだ。送信先は欠陥マンション被害者の会の会長だよ」

「なぜ泥棒までして強引に調べているのだ」

「社長から、とにかく早くデータを見つけろときついお達しが出たんだよ。お前みたいな総会屋がうろちょろしだすからまた一段と厳しくなっちまいやがった」

内藤は勇次を睨んで吐き捨てるように言った。社長という言葉を発する時、一瞬怯《おび》えた目をした。勇次は神田の鋭い眼を思い出した。酷薄な性格なのかも知れない。

「明日の創立記念パーティまでに、全て片をつけろというのが社長の命令だ。うちの社長は東大出のインテリなのに怖い人なんだ。ひろみちゃん、教えてくれよ」

内藤は猫撫で声で懇願した。

「資料がなければ、融資も打ち切りです」

山内は冷たく言い放った。

「キングマンションを告発するなんて言い出すからいけないんだ。黙って仕事をしてりゃなんでもなかった。それが生真面目《きまじめ》に欠陥マンションに責任なんか感じるものだから、おかしくなった。欠陥だろうがなんだろうが、言われるままに造っていれば、死ぬことはなかったんだ」

柳は身体を震わして言った。

「柳さん」

小夜子は静かに言うやいなや、柳の頰を叩いた。

「主人は仕事に誇りを持っていました。住む人に喜ばれる家を造ることが望みでした。キングマンションの神田社長とは設立当初から気が合って、安くていいマンションを造ろうと協力していました。ところが神田社長は変わってしまったのです。儲《もう》け主義になってしまったと、あの人は嘆いていました。キングマンションの仕事をすれば、欠陥マンションを造らざるを得ない。それほどコストダウン要請がきつかったからです。あの人はそれで悩んでいました。柳さん、あなたが一番よく知っているはずでしょう」

小夜子は柳を見つめて言った。

「でも、会社がなくなると困ります」

柳は虚《うつ》ろな目を小夜子に向けた。

「山内さん、融資を継続していただけませんか。キングマンション以外のお客を探しますから」

小夜子は頭を下げた。

「駄目です。キングマンションの意向には逆らえません」

山内は冷静に言った。

「君たちがキングマンションと道を違《たが》えようとする榊原さんを追い詰めたな」

勇次は怒りを込めて言った。

「あんたは関係ない。ひろみちゃん、なんとかしてくれ」

柳はひろみを見つめた。この場にいる全員の視線がひろみに集中している。ひろみは目を固くつぶっていた。

7

「何か知っているなら言ってしまっていいよ。後のことはおじさんがちゃんとしてあげるから……」

勇次はひろみを見て、優しく言った。ひろみは涙を溜めた目で勇次をじっと見つめていた。やがて決心したように一つ頷いてから、勇次に向かって呟いた。

「お父さんからメールが送られて来ているけれど、パスワードが分からないからファイルが開かないの」

「それだ！」

内藤が叫んだ。

「どこ？　ひろみちゃんのパソコンはどこにあるの」

「あんたからひろみちゃんなんて言われたくない」

「お父さんの会社を助けたくないのですか」

山内はじっとひろみを見据えた。ひろみは勇次に答えを求めるような表情をした。勇次は小さく首を縦に動かした。

「こっちよ」

ひろみは内藤に向き直り、しっかりとした口調で言った。

「分かってくれればいいんだ」

内藤は下卑《げび》た笑いを浮かべた。

ひろみは二階の自分の部屋に向かった。

ひろみの部屋に全員が集った。少女の部屋らしく、熊のぬいぐるみや人気アーティストの写真があった。内藤はミッキーマウスの人形を手に取った。

「触らないで」

ひろみが鋭く言った。内藤は慌《あわ》てて人形を元通りにした。主導権はとりあえずひろみにある。

ひろみはパソコンのスイッチを入れ、起動させた。パソコンの液晶画面が明るくなった。

「メールを呼び出すよ」

ひろみがメールのアイコンをクリックした。その肩越しに内藤が身体を乗り出し、画面を覗きこんだ。ひろみは一瞬、顔を歪《ゆが》めた。山内も真剣に画面を見つめていた。小夜子は心配そうに胸に手を当てている。

メールソフトの画面が現れた。ひろみが受信メールの一つを選択してクリックした。

〈ときどきお父さんのパソコンのデータを読まれているような気がする。だから大事な資料をひろみに預けておく。必要なときには使わせてほしい……〉

「こんなメールはどうでもいい。ファイルを開いてくれ」

内藤が急《せ》き立てるように言った。

ひろみが添付ファイルのアイコンをクリックした。ところがパスワード入力画面が出て来ただけだ。内藤が絶句した。

「パスワードを入力して下さい」

山内が焦ったように言った。この男にしては珍しく、冷静さを失っている。

「パスワードが分からないって、さっき言ったでしょう」

ひろみが苛立《いらだ》った。内藤が頭を抱える。

「これがどんな内容か分からなければ、社長に殺されてしまう」

「分からないものは分からないわよ」

ひろみはなげやりに言った。

勇次は言った。

「榊原さんは、たびたびデータを盗まれていた。だから警戒したんだ」

「ひろみちゃん、なにか手がかりはないの？」

内藤を目で制して山内が訊いた。

ひろみは腕を組んで考え込んだ。

「パスワードを思い出してもらわないと、銀行は融資しませんよ」

山内が脅すように言った。

「あなたは本当に銀行員なのか。まるでキングマンションの手先じゃないか」

勇次は怒りで冷静さを失いそうになった。

「キングマンションはうちのお得意様ですからね。絶対に逆らえません」

山内に悪びれた様子はない。

ひろみは携帯を所在なげに弄《いじ》っていた。携帯につけたフィギュアが揺れていた。何かが勇次の頭の奥底を刺激した。まだ形にならない。目の中でフィギュアが躍る。

「そのフィギュア、名前なんて言った？」

「ヒロミだよ」

「その名前、誰がつけた？」

「お父さん」

ひろみは、あっと小さく叫んで、勇次と目を合わせた。

「そうだよ。ヒロミ、つまり163だ」

「でも、パスワードは4桁以上だよ」

「だったら1633……ヒロミさんだ」

勇次の答えを最後まで聞く前に、ひろみはキーボードを叩いた。

1・6・3・3……乾いた音が響く。

勇次は息を呑《の》んだ。何が現れるのか。それにしてもここまで榊原が警戒したのはなぜだ。勇次が考えをまとめようとしたとき、画面が変わった。

おお、という声が誰からともなく上がった。いきなり欠陥マンションのデジタル写真が現れたからだ。クラックの入った壁面。崩れ落ちたタイル。剝がれた壁紙。キノコの生えた畳。明らかに鉄筋本数が少ない外壁。繋ぎ目の外れた排水口。パネルを合わせただけの空洞化した内壁。見るも無残なマンションの写真ばかりだ。続いてキングマンションから榊原工務店への発注明細書、コスト削減命令書などが次から次へと現れた。

「これは酷《ひど》い」

勇次は思わず唸《うな》った。これほど酷いマンションを買わされるくらいなら、自分の安アパートの方がどれほどましかわからない。

「これが証拠として裁判に提出されたら、キングマンションは絶対に負ける」

山内が呆《あき》れたように言った。

「これをどうするつもりだ」

勇次が訊いた。

「そんなことあんたに言う義務はない」

内藤は答えた。

「これで榊原工務店をわたしにやらせてもらえますね」

柳が内藤と山内に言った。嫌らしく媚《こ》びを売るような笑みを浮かべている。

「柳さん……」

小夜子が不思議そうな顔で呟いた。

「銀行だって、わたしがやれば支援してくれる。そうですよね」

柳は山内に同意を求めた。

「それは約束ですから」

山内は当然のように答えた。

「社長のデータを盗んでいたのは君か！」

勇次は柳に向かって言った。柳は苦しそうに言い訳をした。

「社長が悪いんだ。キングマンションとの仕事を台無しにしようとするからだ」

「柳さんは社長の暴走を止めようと、わたしたちに協力してくれたんだ」

山内は柳をかばった。内藤が言った。

「ひろみちゃん、データをここに送ってくれ。そして後は消してしまってくれ」

「いいの？」

ひろみは勇次に確認を求めた。勇次は小夜子の承諾を求めた。

「ご主人はキングマンションを告発しようとされていましたが、このデータがなくなるとその遺志は継げません。それでもいいですか」

「何を迷っているのですか。会社がなくなります。従業員も下請けも困っています。この家も取られるのですよ」

柳が小夜子に迫った。

「銀行はキングマンションの系列企業になられるということであれば融資します」

山内が繰り返し冷たく言った。

小夜子は視線を勇次に当てたまま、頷いた。

「仕方がないわね」

ひろみは黙ってキーを叩いた。データは送信され、そして消された。

「お父さんの大事なものを消しちゃった」

ひろみはぽつりと呟いた。

「これでいい。キングマンションの言うことさえ聞けば、銀行は支援してくれます。社長が逆らうから、あんなことに……」

「黙って、もう黙って下さい」

小夜子が柳を睨みつけた。

「これでよかったの？」

ひろみの目に涙が滲んでいた。悔し涙なのだろう。口元をきつく結んでいた。

勇次は何も言えなかった。榊原が望んだ結果ではないかもしれないが、会社を残したいという生きる者たちの選択だ。勇次は何かを言い出せる立場にない。

柳は今後の打ち合わせをすると言って、内藤や山内とともに出て行った。これからは実質的に会社は彼のものになる。最初からこうなることを期待していたようだ。

「お母さん。ごめんなさい」

ひろみは涙声になった。勇次はどう声をかけていいかわからなかった。

「これでいいのよ」

小夜子が慰めるように言った。

仇討《あだう》ちの方法はないのか。

これではひろみがかわいそうだ。父親の大事なものを、悪い奴らに自らの手で渡してしまったのだから……。

8

玄関でチャイムが鳴った。小夜子を制して、勇次が応対に出た。玄関先に立っているのは、ABC銀行の本田だった。

「何の用だ。山内はもう帰ったぞ」

本田は勇次の姿を見て少し驚いた表情になったが、すぐに元の気難しい顔に戻った。

「ちょっと上がらせてもらえませんか。ご焼香させて下さい」

勇次の背後の小夜子に向かって、本田は頭を下げた。小夜子は勇次をちらりと見たが、「どうぞ」と言った。本田は、小夜子の案内で榊原の霊前に行き、神妙に手を合わせた。

「山内たちと一緒じゃなかったのか」

勇次は訊いた。

「課長がこちらに向かったと聞いて、追いかけて来ました。課長たちが帰ったのを確認してこちらに伺いました」

「主人はＡＢＣ銀行さんを信頼していたのに残念です」

「申し訳ありません」

本田は両手を床につけると、深々と頭を下げた。畳に涙が滴《したた》っていた。勇次と小夜子は顔を見合わせた。ひろみも驚いている。

「わたしがもっと頑張っていれば、榊原さんは今も生きていたかもしれない」

榊原工務店への支援打ち切りを巡って、本田は山内と激しく言い争いをしたという。本田は榊原と親しく、榊原も何かと本田を頼っていたようだ。

勇次は本田の話をにわかには信じられなかった。山内のしたたかさをみせつけられた後だけに、なおさらだ。しかし、先日銀行を訪ねたとき、山内の傍らで本田がじっと耐えていたことを勇次は思い出した。

「榊原さんは、キングマンションを正常な姿にしたいと言っていました。昔はいい会社だったのにと残念がっておられました」

「君は榊原さんが欠陥マンションを告発しようとされていたことを知っていたのか」

勇次の問いに、本田はしっかりと頷いた。

「資料は全てキングマンションに持っていかれたよ」

「分かっています。課長はキングマンションべったりですから。それに榊原工務店の内部にも、データを盗もうとする者がいるらしいと警戒されていました」

柳はキングマンションに買収されていた。彼がスパイになって榊原を監視していたに違いない。柳がスパイだとすると、榊原の死に本当に不審なところはなかったのか。藤堂に相談してみなければと勇次は思った。

「これからどうされますか」

本田は小夜子に訊いた。

「銀行の支援を得て、柳がこの会社を自分のものにするでしょう。中小企業は銀行の言いなりですから……」

小夜子は寂しそうに言った。

「復讐する手段があります」

本田が微笑した。じっとひろみのフィギュアを見つめている。

「それはお父さんからプレゼントされたものですね」

ひろみが頷いた。本田は「ちょっと」と言って、ひろみの手から強引にフィギュアを奪った。

「何をするんですか」

呆気《あっけ》に取られるひろみを無視して、本田はフィギュアの首をねじった。ひろみが鋭く悲鳴をあげた。首が取れた。本田は首を床に置くと、フィギュアの胴体の中を指で探った。真剣な顔だ。

「あった。ありました」

本田の顔が喜びに綻《ほころ》んだ。本田の手には小さな薄い板のようなものが握られていた。メモリーカードだ。

「榊原さんがひろみさんに預けたのは、実はこのメモリーカードだったのです。榊原さんは非常に用心深い人でした」

本田は満足げな笑みを浮かべた。

「パソコンのデータは囮《おとり》だったのか」

勇次はメモリーカードを見つめ、息を呑んだ。

「詳しく話してくれ」

勇次は本田に強く迫った。

9

皇居の掘割を望んで帝都ホテルは威容を誇っていた。壁のタイルの一枚一枚に、明治からの歴史を刻みつづけている。

エントランスに次々と車が横付けされ、ダークスーツに身を固めた紳士たちが降りてくる。その度にドアマンが駆け寄る。

『キングマンション創立十周年記念　感謝の集い』

ひときわ大きな看板が目を引く。帝都ホテル最大の宴会場で開催されるパーティに、紳士たちは次々と吸い込まれていく。

「ひろみちゃん、行くよ」

勇次の言葉に、ひろみが頷く。

勇次とひろみは榊原工務店の関係者としてパーティに来ていた。柳を通じて内藤に頼んだところ、招待状が送られてきた。キングマンションの力を見せつけたいとでも思ったのだろう。

天井には豪華なシャンデリアが輝く。スリムで美しいコンパニオンがずらりと並ぶ。会場はむせ返るような熱気に満ちていた。まだ定刻前だが、グラスを手に持ち、そこかしこで談笑している男たちで会場は一杯だ。

「すごいね」

ひろみはコンパニオンから貰ったジュースに口をつけた。

「大したものだ」

勇次は水割りを呑みながら、元首相や現役の大臣まで出席している会場を眺めていた。テレビでよく見掛けるジャーナリストもいた。司会者はプロのアナウンサーだ。

ＡＢＣ銀行頭取の名が呼ばれると、にこやかに笑顔を振りまきながら、恰幅《かっぷく》のいい紳士がステージに上がる。頭取はいかに神田社長が素晴らしい人材かを延々と話した。続いて現役の大臣が壇上に登った。自分とキングマンションとの関係の深さを自慢している。

舞台の端には神田直樹が、ウイスキーのグラスを持ち、笑みを湛えて立っていた。まだ四十歳だ。その年で上場企業を作り上げたという自信が、その顔に満ち溢れていた。

勇次はキングマンションの本社で出会った神田の冷たい目を思い出していた。あの笑顔の中には、邪魔者は全て排除するという冷酷さが隠れている。

「それではここでキングマンションの歴史と数々の素晴らしい業績を映像でお見せします」

司会者が声を一層張り上げた。会場の明かりが少し落とされた。壇上に大きなスクリーンが現れ、神田の顔が大写しになった。

会場から一斉に拍手が起きた。

設立時の会社の様子だ。神田は今よりずっと若い。熱気に溢れた仕事ぶり。

マンションの映像が映った。幸せそうな家族。機能的なマンション。満足そうなユーザーの表情……。映像に合わせて、司会者の流暢な説明がつづく。

「とても欠陥マンションとは思えないな」

勇次は皮肉な笑みを浮かべた。

「もうすぐだよ」

ひろみの顔は緊張で強張っている。

突然、司会者が不思議そうに首を傾《かし》げた。

会場から突然、声が消えた。マイクを持った司会者が狼狽《ろうばい》している。壇上にはマンションの映像が次々と映し出されている。幸せそうな顔、顔、顔……。

神田は苛立った表情で司会者を睨んでいる。端正な顔が醜《みにく》く歪《ゆが》んでいる。

内藤が呼ばれた。しきりに頭を下げている。不手際の原因を追及され、叱責《しっせき》を受けているようだ。

突然、大音響の怒鳴り声が会場の隅々にまで轟《とどろ》いた。天から声が落ちてきたようだ。神田と内藤が何事かと怯えたような顔で、天井を見上げた。会場のざわめきが一瞬にして静まり、客たちもグラスを持ったまま天井を見上げた。

君は能なしか。もっとコストを下げろと言ったはずだ。

これ以上コストダウンをすると、満足な物は造れません。欠陥住宅になります。

欠陥が怖くてマンションなど造れると思いますか。いくつかのマンションに欠陥が出るのは仕方がないことなんだ。

神田さんは変わってしまった。いいマンションを安く造るという創業の精神はどこに行ってしまったのですか。

いつまでも子供みたいに甘いことばかり言わないでくれ。とにかく徹底してコストを削るんだ。高い材料を使ったことにして、安物を使えばいい。コストをごまかさなくては儲からない。当たり前だろう。

そんなことは出来ない……。

「お父さんの声だ」

ひろみは興奮で頬を膨らませた。

声の主は神田と榊原だ。会場がざわつく。榊原の声は知らなくても、神田の声は分かる。そのスマートな外見とは裏腹に、悪質なコストダウンを高圧的に迫る様子がまざまざと浮かぶ。

映像が変わった。剝がれ落ちたタイル、ひび割れた壁、キノコの生えた畳……欠陥マンションの映像だ。眼を覆いたくなる悲惨な光景だ。

「止めろ！　止めるんだ」

内藤が叫んだ。どこから映像を操作しているのか、どこから声が出ているのか分からない。顔が引きつっている。

「退《ど》け！」

神田が司会者を突き飛ばした。マイクを握り締め、「中止だ！　中止！」と大声で叫んだ。いつの間にか会場は明るくなっていた。神田は煌々《こうこう》としたシャンデリアの下で醜態をさらけ出していた。

「行こうか」

勇次はひろみを連れて壇上に向かって歩く。会場の隅に隠れていた藤堂も姿を現わし壇上に向う。元刑事の人脈を使って、例のメモリーカードに記録された声と映像を、会場に仕掛けたのは藤堂だ。

本田も会場にいた。ウイスキーのグラスを片手に持ったまま緊張した顔を壇上に向けていた。その側で山内がうろたえている。

神田は壇上に登ってくる勇次とひろみを驚きの顔で見つめていた。

「お前ら！」

内藤が叫んだ。

会場は静まり返っていた。誰もが壇上に上がった少女に視線を集中している。固唾《かたず》を呑んで、何が始まるのか見守っている。

「お前たち、何しに来た！」

神田が叫んだ。

キノコが生えようが、配管が破裂しようが、売ってしまえば後は何とかなる。

榊原に向かって、神田が吠えている。

「会場の皆さん。この声は、この子のお父さんが、神田社長から欠陥マンションを造れと指示を受けているところです。この映像がキングマンションの実態です」

勇次が壇上から大声で叫んだ。

「黙れ！」

内藤が三人に向かって走ってきた。神田もそれに続く。内藤がひろみの腕を摑んだ。勇次がその手を撥《は》ねのける。内藤が今度は勇次に殴りかかった。大きく振り下ろした拳が空を切った。バランスを崩した内藤は、足を滑らせて床に這《は》いつくばった。藤堂に詰め寄った神田も、あっという間に腕を捻《ひね》られ、壇上に転がされていた。

「高級なスーツが台なしだ」

藤堂は呟くように言った。ひろみが右手をまっすぐに上げた。口を真一文字に引き結んでいる。それを合図に、会場から屈強な男が数人、壇上に駆け登った。

「何だ！　何だ！」

神田が悲鳴のように叫んだ。

「警察だ」

男たちは神田と内藤を押さえつけた。

「俺が何をしたと言うんだ」

内藤が男たちの腕の中でじたばたと足を動かした。

「榊原良一さん殺害教唆《きょうさ》の容疑だ」

刑事は警察手帳を示しながら、内藤に告げた。

「内藤、どうなっているんだ」

神田が叫んだ。内藤は情けない顔で神田に首を振った。

会場を埋め尽くした客たちは、警察と聞いて慌てふためいた。最初は野次馬根性で眺めていたが、厄介事に巻き込まれてはまずいと思ったのだろう、我先にと出口に押し寄せた。つい先ほど気恥ずかしくなるほど神田を誉めそやしたＡＢＣ銀行の頭取も、秘書に引っ張られるように駆け出した。突き出た腹が左右に揺れている。大臣の姿もすでになかった。

「キングマンションも終わりだな」

会場からの囁《ささや》きが勇次の耳に入ってきた。

「やったね」

ひろみは勇次に笑顔を見せた。勇次がひろみに出会ってから、初めて目にした笑顔だ。

「早くお父さんに報告しよう」

勇次は言った。

「俺は必ずここに戻ってくる」

背後で神田が叫んだ。

勇次はその声に振り向いた。

「そいつは当分先になるだろうな。榊原さんの仕事に対する誇りを壊した罰だ」

勇次は言い放った。

仕事の誇りを奪うような人間に、物を造る資格はない。物造りの喜びと誇りをなくしてしまった神田の醜い姿を、榊原は天から眺めていることだろう。その顔は悲しみと哀れみに満ちているに違いない。

勇次が壇上を振り返ると、スクリーンには腕まくりをして現場に立つ若い神田が映し出されていた。その傍らには若い榊原の笑顔があった。

欠陥マンションを告発する映像の中に、この写真をあえて挿入していた榊原の思いを、神田は理解するだろうか。


勇次は藤堂を通じて、警察に榊原の〝自殺〟の再捜査を依頼した。その結果、柳が榊原工務店を自分のものにするため、榊原を自殺に見せかけて殺害した疑いが濃厚になった。内藤が榊原亡きあとの工務店経営を任せると約束したために、欲に駆られたのだ。遺書は資金繰りに苦しむ榊原を騙《だま》して、それらしい文面を書かせたようだ。

ＡＢＣ銀行の山内は、キングマンションとの癒着《ゆちゃく》が暴露されて懲戒解雇になった。榊原工務店の新社長には小夜子が就任した。仕事は順調だ。本田が新しい取引先を紹介し、献身的に支援しているらしい。また、パーティでの事件を知った欠陥マンションの被害者たちが、改装工事を榊原工務店に優先的に発注したからだ。捨てる神あれば、拾う神あり。世の中捨てたものじゃない。

ひろみは建築家になると言って一生懸命勉強しているそうだ。あの娘なりに父親の志を継ぐつもりなのだ。ひろみの明るい笑顔を思い出した。

名誉ある死

1

女はじっと勇次を見つめたまま、動こうとしない。何かにとり憑《つ》かれたように、その目は赤く充血して、痛々しい。年は四十歳くらいか。いやもっと若いかもしれないが、肌が乾き荒れていて艶《つや》がない。それがきっと年齢以上に感じさせるのだ。眉間の皺《しわ》は、彼女が如何に苦悶の人生を歩んでいるかを思わせる。

目の前には小さな仏壇がある。その中心に写真が飾られている。

女は、ゆっくりと写真の方を振り向いた。

「夫です」

なで肩の優しそうな顔立ちの男はギリシア風の太い大理石の円柱に手を添えて立っていた。幸せそうに笑っている。周囲は雑踏なのか多くの人が行き来している。明るい太陽の下で、彼は健康そうに見える。

「いい写真ですね。どこですか」

「ローマのパンテオンに行ったときの写真です。あの人はイタリアが好きで、特にこのパンテオンが好きでした」

女はようやく少し笑顔を浮かべ白い歯を見せた。

「パンテオンの天井、天蓋《てんがい》っていうのですけど、丸くて、直径が五十メートルもあるそうですよ。そんな大きな大理石のドームのようなものを造ることは現代の技術をもってしても難しいそうです。これ夫の受け売りですけど……」

「そうですか」

勇次は改めて写真を見た。写真には残念ながら丸い天蓋は写っていないが、それを支える太い大理石の柱が見える。それは男の身体の何倍も太い。

「お仕事で、イタリアに……」

「ええ、亡くなる二年前です。ですから今から三年前になります」

女は立ち上がり、仏壇に歩み寄ると、写真を両手で摑《つか》んだ。そして再び勇次の前に座ると、写真を胸に当て、両腕で抱えた。まるで写真の中の男を抱いているように、目を細めた。左右の目じりから、透明な糸のような涙が流れ落ちた。

「仇《かたき》を、仇を討ってください」

女はうめくように言い、嗚咽《おえつ》した。

女は青木久子。夫、善弘《よしひろ》はコスモ金融グループのシステムエンジニアだったが、一年前の四月に亡くなってしまった。

「『気分が悪くなったので、早めに帰ってきた』そういって夜の十時ごろ、タクシーで戻ってきました。顔は青ざめているというより土気色で傍目にも疲れているのが分かりました。『食事は』と訊《き》きますと『寝るから、ちょっと背中を押してくれるか』といいました。以前も気分が悪くなった時、押してあげたら、少し楽になったというのです。それで夫は居間にうつ伏せになりました。わたしは背中を軽く押したのです。そうしますと『ダメだ、かえって苦しい』と言って立ち上がりました。『病院に行く？』と尋ねましたが、返事をせず二階の寝室に行ってしまいました。しばらくするとドスン、ドスンと大きな音を立てて夫が下りて来ました。驚いて『どうしたの？』と言いますと『胸に鉛を押し込まれたようで、苦しい』と言いました。『病院へ行った方がいいのでは？』と訊きますと『とりあえず背中をもう一回押してくれ』と言いますので、わたしは背中を摩《さす》るように押しました。すると大きなうめき声をあげて、意識を失ってしまったのです」

久子は赤く腫《は》らした目で勇次をじっと見つめながら、夫の死の様子を語った。

「わたしはびっくりして、息子を呼びました。息子はパパ、パパと叫びながら、夫の心臓の辺りを押し続けました。わたしは救急車を呼ぶ電話をしましたが、それからの細かいことはよく覚えておりません。救急車の中で隊員が二回ほど電気ショックを加えていましたが、後で聞きますと既に心肺停止状態だったようです。病院でも医師が、蘇生を試みてくださいましたが『もうこれ以上無理だ』と告げられました。わたしは『やめないで！　パパを助けて！』と叫びましたが、医師から『心筋梗塞《こうそく》です。現実を直視しなさい』と叱りつけられるように言われてしまいました」

久子は写真に向かって、

「ごめんね。あの時、もっと早く、強引に救急車を呼んで、病院に連れて行かなくて。ごめんね」

無理に作ったような薄い笑みを浮かべた。自分を責めることで、自分を慰めているようにも見えた。

「過労死だったのですか」

勇次は訊いた。

過労死とは過重な業務負担によって、脳・心臓疾患で死亡することだが、最近は自殺も含めて件数が増加する傾向にある。不況が長引き、リストラで人が減らされ、残った者に過度な仕事量がのしかかってくるからだ。二〇〇二年度は過労死で労災（労働者災害補償保険）認定された件数が一六〇件と過去最高に上った。彼女の夫のようなシステムエンジニアは長時間労働が多く、過労死になり易い仕事だと言われている。

「労災認定の申し出はされたわけですね」

勇次は訊いた。

「銀行からは反対されました。労災認定の申し出など不名誉なことをするなと」

久子は鼻をぐずらせながらも怒りに満ちた目を勇次に向けた。

「不名誉？　それはどういうことですか」

「労災認定を申し出て不名誉なのは銀行です。夫には不名誉なことなどなにもありません。それなのに金欲しさに申請したと思われますよ、と言われたのです。夫もそんなことを望んでいないだろうと……」

「金欲しさ？」

「ええ、銀行の方の口からはとにかくお金のことしか出てきません。謝罪の言葉ひとつないのです。こんなことがありました。通夜の席に人事部長が来られまして、わたしに挨拶しようとすると、夫と同期入行の方が間に入って、『部長、余計なことを言ってはいけません。ここはわたくしが仕切りますから』とおっしゃるのです。わたしは涙に暮れておりましたので、いったい何をおっしゃっているのか分かりませんでした。人事部長はその同期の方の言うままに、まるで人形みたいに一言も言わず、わたしに悔やみの言葉もなく座っておられました。そして副部長の方が、なにやら紙を取りだして読み始めたのです」

久子は悔しい思い出が蘇ってくるのか、声の調子が高くなった。

「退職金いくら、保険金いくら、年金いくら……と金額を読み上げられたのです。わたしは唖然《あぜん》としました。まだ通夜のお客さまがお帰りになっていないときにですよ。そうしましたらそれを聞いていた同期の方が、『奥さん、良かったですね。こんなに出るんだ。羨ましいな。他の会社ならこんなに出ませんよ』と言って笑みを浮かべられたのです。わたしは悲しいやら、悔しいやらで、『お金のお話は結構です。その前に夫に何か言うことはありませんか』と申しあげました。でも、わたしがどんな思いでいるかは、全く関心がないという様子でした」

「失礼だなあ。それは……」

「普通の方はそう思われます。確かに突然夫を亡くして、一番気になるのは、今後の生活です。しかしその話はもう少し落ち着いてからではないですか。その前に辛い目に遭わせて済まなかったと、なぜ夫に謝罪できないのですか。青木善弘は立派な仕事をしてくれたと感謝の手が合わせられないのでしょうか」

久子は強い目で勇次を捉えた。

「その通りですね」

勇次は言った。

「その後、役員の方が弔問に見えた時に、『いい家ですね。これから二人でお住まいになるには広すぎませんか。銀行にいたお蔭でいい家が買えましたね』と玄関をお入りになるなりおっしゃいました。わたしはその方の曖昧《あいまい》な笑顔を忘れることはできません。不潔で厭《いや》らしくて、品性が下劣だと思いました。またある部長さんは、『わたしだって死にそうですよ。とにかく忙しくって。青木さんだけじゃない』と言われました。わたしが、『でも夫は過労による心筋梗塞で死んだのですよ』と申しあげましたら、意味ありげにニヤリとして『過労による心筋梗塞かどうかは調べてみないと……』とまでおっしゃいました」

久子は唇を嚙みしめた。

「それは、青木さんの死があなたに原因があるという意味ですか」

「わたしが殺したか、わたしがちゃんと夫の健康管理をしなかったことに原因があるというのでしょう」

「ひどい話だ。そこまで遺族の気持ちを逆撫でしてどんないいことがあると思っているのでしょうか」

「とにかく銀行は、早くわたしを黙らせたいという思いで一杯だったようです。お金を払ってやるから、何も言わず黙っていろという態度でした。夫の私物も早く取りに来い、死亡退職に伴う書類には早くサインしろ、と連日電話をかけてきました。わたしは、夫は殺されたのだと確信しました。こんな冷たい人達に囲まれて夫がかわいそうになりました。それでなんと言われようと労災認定を勝ち取ろうと思ったのです。お金が目的というより、夫がどのように働き、どのように死んだか、それを明らかにすることで夫の名誉が保たれると思いますし、これから夫のような悲劇がおきないようにすることもできると思っています。それに社長が、きちんとわたしに頭を下げていただきたいのです」

「株主総会の場で謝罪をして欲しいと……」

「株主総会の場で質問して頂き、社長から謝罪を勝ち取っていただきたいのです」

「銀行は労災認定に影響が出ることを一番警戒するでしょうね……」

勇次は久子を悲しませないように言葉を選んだ。

玄関のチャイムが鳴った。久子が立ち上がって玄関に向かった。

「遅れてすまなかった」

聞きなれた声が、玄関から聞こえてきた。

「待たせたな」

藤堂《とうどう》三郎が入って来た。

「藤堂さん。お待ちしていました」

「すまん、すまん。ちょっと野暮用でね。話は進んだか」

藤堂は久子に微笑《ほほえ》みかけながら訊いた。

「今、お話ししているところです」

久子が答えた。

「銀行というところは冷たいね」

勇次は藤堂にソファに座るように勧めながら言った。

「そう思うだろう。俺も久子さんから聞いて驚いている。亡くなったらいきなり金の話だ。人情を無視している。銀行として誠意が全く感じられない。善弘くんは俺の甥っ子なんだが、いい男だった。まだ四十三歳だった」

藤堂は、仏壇の写真に目をやった。この曲がったことの嫌いな初老の元刑事は、葬儀の後、久子から話を聞き、めらめらと怒りの炎を燃やしたのだ。その挙句に勇次に仕事を回してきた。

「システムエンジニアだったということは、昨年の四月に起きたコスモ金融グループのシステムトラブルが死の原因になったと、お考えなわけですね。振込みや口座振替ができなくなった問題ですが、あれには困りました。わたしもお金を引き出せなかった」

勇次は言った。

「そういえばあの時、国会で『実害がない』とか言ったのはコスモのトップだったよな。あれは庶民に対する思い遣りがない発言だった。ふざけていやがる」

藤堂は唇をつき出すようにして言い放つと、顔を歪めた。

コスモ金融グループは四月に大日銀行、富国銀行、興産銀行が統合してできた総資産世界一の銀行グループだが、発足直後にオンラインダウンに見舞われた。

当初はたいした事故ではないと思われていたが、時間が経つにつれてその影響は全国規模に拡大した。それはそのままコスモ金融グループの巨大さを物語っていた。上場企業の七割と取引し、個人口座を約三千万口保有する銀行がシステムトラブルを起こしたのだ。

「資金が送れない」

「金が引き出せない」

連日、怒りを顕わにする客達の顔がテレビに映し出され、コスモ金融グループの評判は地に落ちてしまった。火に油を注いだのが、藤堂の言った河原蓮司コスモ金融グループ社長の国会発言だ。

彼は議員の「被害はどうなのか」という質問に対して「実害があったということは聞いておりません」と平然と答えてしまったのだ。黒目だけきょろきょろと動かし、まるで冷血動物が蠅《はえ》などの小さな虫を狙っているような平板な顔が大写しになった。すぐに発言を訂正したが、もう遅かった。議員から厳しく「実害がないとはどういうことだ」と詰め寄られると、その顔は凍りついてしまった。知り合いの記者によると国会に呼ばれる前夜、スタッフが彼を取り囲み「ただひたすら謝るように」と言い含めたらしい。だが、プライドの高い彼はそれを潔しとしなかった。若い議員の挑発的な質問に表情は変えなくとも、「この若造め！」とでも思ったのか、気がついたときには足を掬《すく》われていた。

「あの社長なら、行員にも冷たいだろうね」

勇次は河原の顔を思い浮かべて言った。

「あのトラブルは、トップの仲たがいが原因です」

久子は唇を固く結んだ。その目は怒りに燃えていた。

「トップの仲たがい？」

勇次は訊き返した。

「大日銀行はFコンピュータ、富国銀行はIコンピュータ、興産銀行はHコンピュータと三つ巴《どもえ》の状態でした。三社が睨《にら》み合い、銀行に代理戦争をやらせたのです。特にFは必死でした。業績も芳しくないし、もしコスモ金融グループのメイン・フレームの座から滑り落ちると国内大手銀行でFを採用しているところは皆無の状態になるのです。かつて日の丸コンピュータの代名詞として君臨した勢いは全くなくなってしまいます。それに銀行側としてもコンピュータをどこにするかで色々なところに大きな影響が出てきます」

久子の静かだが、熱のこもった話し振りに勇次は思わず引き込まれていった。

「銀行の人事にも影響するんだ」

藤堂が口を挟んだ。

「そうなのです。もし仮にＦコンピュータに決まれば、大日銀行の行員は新たにシステムを学ぶ必要がありません。もともとあったシステムと変わりませんから。これはとても重要なことで、例えば銀行子会社のシステム会社もＦコンピュータ、すなわち大日主導で統合が進むでしょうし、支店なども同じ理屈で大日主導になるのです。支店長のポストなどにも影響が出てきます」

「まさにコンピュータを制する者は全てを制する、ですね。争いがおこるはずだ」

勇次は銀行内部で行われたであろう醜い争いに思いを馳せた。

「統合当初はＦコンピュータで決まったのですが、その後激しい巻き返し工作が行われ、ＩとＦをリテール銀行部門で使い、Ｈは投資銀行で使うということになりました」

「結局は三つの顔を立てたわけだ。ばかばかしい。下らない議論をしていやがる」

藤堂は吐き捨てた。

「夫は、そのコンピュータ選定の現場責任者だったのです。そのころへとへとでした。毎日、徹夜で不毛な議論が繰り返されるのです。エンジニアに任せれば、自ずと最適なものを選択しますが、それを選択したらトップは満足しない。答えは出ているのに、それは正解でないという。こんな不毛な議論に疲労していました。現場に仲たがいさせて、トップはその収束を図ろうともせずに笑って、ただ眺めていたのです。わたしは夜遅く帰ってきた夫に体に気をつけて、と言うだけでした。以前は明るくて、子供ともよく遊んでくれたのですが、顔は土気色になり、夜に突然、うなされたように大声で怒鳴ることがありました。わたしは夫がどうかなってしまうのではないかと心配で、心配で……」

久子はハンカチで目を拭った。善弘を思い出したのだろう。

「ご主人は、どちらの銀行出身だったのですか」

「大日です」

「というとＦコンピュータですね」

「そうです。夫によると顧客情報の処理にはＩの方がいいそうです……」

「コンピュータのせいであの事故がおきたのではないのですね……」

「本質的にはそうでしょうが、あまりに仲たがいが激しくて統合のタイムリミットまで現場では十分打ち合わせができなかったのです。その上、どたん場になってＨコンピュータでは口座振替などの大量事務処理が無理だということになりました。それで投資銀行部門からリテール銀行部門に大量の事務が一挙に押し寄せてきてしまいました。この処理はハイテクでもなんでもなく、どの会社の口座振替依頼をどのコンピュータで処理するかのマニュアルがきちんと整い、チームワークで仕事が出来るかどうかが問題だったと言われています。要は人間関係の問題でした」

「その人間関係が壊れていた」

「その通りです。富国側と大日側とのチームワークが最悪だった」

「それで問題が発生した？」

「お互いが、お手並拝見と傍観でもしていたのでしょう。それに経営者にはコンピュータは正常に動くものという過信があったのでしょう。想像以上に多くのデータが持ち込まれ、担当者が慌ててしまいコンピュータの操作を間違った。後は連鎖的に混乱が拡大して……」

「あんな大混乱になったのですね」

「そうです。夫は人災だと叫んでいました。夫はその混乱を収束させるために徹夜が続き、帰って来ない日もありました。そして気分が悪いと早めに帰ってきたら、このありさまでした」

「ご主人はどんな立場でしたか」

「大日銀行でシステム企画の次長をしておりました」

「ではまさに今回のシステム統合とその混乱の中枢におられたわけですね」

「そうです。そうなのですが……」

久子は顔を曇らせ、俯いた。ちらりと善弘の写真を見て、

「孤立していたようなのです」

「孤立といいますと」

「夫は先ほども申しあげましたが、エンジニアを信頼して任せれば、顧客に最適なシステムを提供できると信じておりました。ところが利害が対立しました。夫は大日銀行出身でありながら、富国銀行のシステムの採用を主張したようなのです」

「Iコンピュータの方が顧客情報処理に優れているからですか」

「そうだと思います。夫は、銀行は工場だとよく申しておりました。大量の事務を処理し、多くの人に高度でかつ均質なサービスを安定的に提供しなければならない義務がある。それが銀行への信頼になっている。それはまさにメーカーの工場の役割そのものだ。一部のエリートプレーヤーだけが銀行のプレーヤーじゃない。モラルの高い工場労働者が銀行の真のプレーヤーなのだと常に申しておりました。そんな考えの夫は工場のプレーヤーに使い勝手のいいシステム、顧客にいいサービスを提供できるシステムを採用しなくてはいけないと主張したようです」

「それがたまたまIコンピュータであり、富国銀行のシステムだった?」

勇次の問いかけに、久子は軽く頷いた。

「大日銀行は慌てたでしょうね。身内の反乱だ」

「夫は〝ユダ〟と陰口をたたかれたそうです。富国と組んでいい思いでもしようというのか、な

ど言われ苦しんでおりました。オンライン事故の前も『なぜ、俺が裏切り者なんだ』と興奮していました。また『銀行の上の人はなにも銀行のことを考えていない。自分の出世のことだけだ。辞めたくなった』と愚痴っていました」

久子は悔しそうな表情を見せた。

「なにがユダだ。本当に人災だな。殺されたようなものだ」

藤堂が怒りを込めて言った。

勇次は藤堂に頷《うなず》いた。

組織の中で真実を主張した青木は裏切り者になった。彼は純粋にエンジニアとしての意見を通そうとしたに違いない。ところが周りは、上の顔を見る付和雷同タイプばかり。その場がなんとか繕えればいいと思っている連中だった。孤独だっただろう。苛立ち、憂鬱が募り、仕事への疑問が芽生えたに違いない。それは確実に彼の身体を蝕んで行った。

「労災認定は順調に進んでいますか」

勇次は訊いた。

「まだなんともいえません。認定には幾つか条件がありますが、夫の勤務の状態が過重であったことを遺族側が立証しなければなりません」

過労死の認定には、
一、脳・心臓疾患の発症直前から前日までの間において、発生状態を時間的及び場所的に明確にし得る異常な出来事に遭遇したこと
二、発症に近接した時期において、特に過重な業務に就労したこと
三、発症前の長期間にわたって、著しい疲労の蓄積をもたらす特に過重な業務に就労したこと

この三条件の一、二、または三に該当する必要がある。しかし遺族は夫の勤務実態について十分な知識がない。夫も仕事の話を家庭であまりしなかった、となると銀行側の協力がなければこれらの条件を満たすような勤務実態を把握することは、相当に困難なことだ。

「銀行は協力的ではないのですね」

「銀行は、夫が特別に忙しかったわけではない。あの混乱の中では仕方がなかった。死んだのは本人の健康管理が問題であって、銀行には責任がないと言っています」

「全て本人のせいか。しかし健康だった男が突然に死んだことは厳然たる事実だ。情のない話だなぁ」

藤堂が顔を顰《しか》めた。

「よくわかりました。奥さんには同情いたします。ですが……」

勇次は困った顔で藤堂に視線を投げた。

「何か問題があるか」

藤堂が訊いた。

「わたしは元総会屋というレッテルを貼られています。そんな男がしゃしゃりでたら、かえってご迷惑になりはしないかと、気になります」

勇次ははっきりと言った。

「なんだ、そんな下らないことを気にしていたのか。株主総会と言えば、お前だ。お前の正義感が必ず事を動かしてくれると俺は信頼している。元総会屋だって構いやしない」

藤堂は黄色い歯を見せて笑った。

勇次は黙って、俯いた。

「ママを助けて下さい」

居間に通学鞄を下げたまま、少年が入ってきた。

「祐樹、帰ってきたの」

祐樹と呼ばれた少年は、久子の側に立った。

「藤堂おじさん、こんにちは」

祐樹は藤堂に頭を下げた。

藤堂は、目を細めて、

「おうおう、少しは元気になったか」

「はい」

祐樹は答えた。目許のあたりは写真の善弘に似ている。白いワイシャツをきちんと着ている。真面目な生徒のようだ。

「息子です。中学三年になります」

「木下と言います」

勇次は祐樹に頭を下げた。

「お母さんが毎晩慣れない労災申請と格闘している姿を見ると、とても辛いのです。早くなんとかしたいという思いで、一杯です。銀行は父のことをまるで使い捨てのコマのように扱いました。謝りの言葉、ひとつさえありません。父の無念、家族の無念を銀行に思い知らせたいのです」

祐樹はきっぱりと言った。

「分かりました。できるだけのことはやってみましょう。わたしも銀行の下劣さが許せなくなった」

勇次は祐樹を見つめて、微笑した。

「ありがとうございます」

祐樹は明るい声でいい、頭を下げた。

「ところで勇次はコスモの株主か？」

藤堂が訊いた。

「大丈夫だ。一株だけ持っている」

「よかったぜ。俺が貸してやらないといけないかと心配していた」

「そんな、議決権行使書を他人に貸すなんて、元刑事がやっていいのか」

勇次は笑って言った。

「そうだな」と藤堂は顎に手を当て「そんなことをしたら総会屋デカになっちまうな」と顔を崩した。

「藤堂さん、もう足は洗いましたからね。今は経営コンサルタントですよ」

勇次は照れたような顔をした。

「コンサルタントか。いい響きだ」

藤堂は野太い声で言い、また笑った。

2

コスモ金融グループの株主総会は六月二十五日の水曜日だ。久々に体が熱くなる。なんといっても相手は世界一の大銀行だ。確かにその資産を持て余し気味ではあるが、日本そのものと言っていい規模である。その大銀行の権威を満座の前で引きずり下ろし、青木久子の前で謝罪させるのだ。勇次の血が騒ぐのも無理はない。

勇次は総会で発言する前哨戦として『青木善弘の過労死問題』で質問状を出した。

『故青木善弘氏の過労死について貴行の見解を伺いたい。

一、貴行は行員の健康管理について如何なる措置を講じているか。

二、青木氏の健康を管理すべき直接の責任者は誰か。

三、その管理者は青木氏が日頃、不調を訴えていたことを知らなかったのか。

四、オンライン事故は経営者の責任であるにも拘らず、青木氏に無理な修復作業を強いたのではないか。

五、死亡後謝罪もせず口封じとも言うべき行動をとり、労災申請に協力しようとしないのは、如何なる理由か。』

軽いジャブみたいなものだ。相手はこの質問を無視するか、第三者に答える義務はないと言って逃げる算段を凝らすかだけだ。それでもいい。元総会屋の木下勇次が株主総会に出るぞ、と宣告するだけでも意味がある。

事務所に二人の男が訪ねてきた。コスモ金融グループの総務部山田と、もう一人は暴力団対策課刑事斎藤と名乗った。名刺は持ち合わせていないと言って出さない。

「銀行さんと刑事さんが二人揃って何の用だ」

勇次は訊いた。

二人は揃って黒のスーツ姿。中肉中背で、特徴のない顔をしている。ただし眼はきつい。銀行員というより、修羅場をくぐってきた兵士という印象だ。勇次に勧められる前に、ソファに座った。

「なぜ、青木の死に関心を持ったのだ」

山田が訊いた。テーブルに手を置いた。手の甲に中指から一直線の深い傷がある。ナイフで抉り取られたような傷だ。

「なぜって銀行が冷たいからよ」

勇次は言った。

「勝手に働いて、勝手に死んだ奴のことをいちいち気にしていたら、銀行は保《も》たないぜ」

「さあな。保つか保たないかは、よくは知らない。だけど青木さんは戦死したわけだから、それなりに奉られてもいいと思う」

「お前はそれで幾ら貰うんだ」

「金か？　そんなことを答える必要があるのか。銀行さんに……」

「金なんか受け取ったら、総会屋に逆戻りになるんじゃないか」

斎藤が口を開いた。

「銀行から金は貰わない。安心しろ」

勇次は厳しい視線を斎藤に向けた。

「あんたみたいな総会屋がしゃしゃりでると話がややこしくなる。かえって青木さんにも迷惑になるぞ。青木さんにあんたが総会屋だったってことを伝えようか？」

山田が言った。

「青木さんはわたしが総会屋だったことも承知している」

山田は口をぽかんと開けて、眼を丸くした。勇次が久子に素性を明らかにしていることに驚いたのだろうか。

「質問状を出すなんて生意気じゃないか」

斎藤が言った。

「株主が質問状を出したら、いけないのか」

勇次は皮肉そうな顔で斎藤を見た。

「一般の株主がやることは、構わないさ。だけどあんたじゃ誤解される。それにこれからまた睨まれることになるぜ」

斎藤は、額に指を当てながら言った。警察にマークされると脅しをかけているのだ。

「じゃあ手を引くか」

勇次はニヤリと笑った。

「おお、手を引いてくれるか。それがいい」

山田は弾んだ声を発した。

「ただし交換条件がある」

「交換条件？　なんだ、それは」

山田は手の甲の傷を触った。

「青木さんの労災認定に銀行が協力すると約束してくれるか」

勇次はじろりと二人を見つめた。

山田は即座に真面目な顔で、

「そりゃあ、ダメだ」

「何がダメなんだ。銀行の仲間が亡くなったのだ。その生活補償の労災の認定を受けるのに、なぜ協力できない」

「文句は人事部に言えよ。あそこが所管だ。わたしはあんたに質問を取り下げさせるように言われてきただけだ」

「じゃあ、ダメだ。株主総会ではきっちりと質問させていただくとしよう」

勇次は、帰ってくれと言わんばかりに席を立った。

「総会屋として、我々、警察に睨まれてもいいのか。正義面しているが、お前らの根性は百も承知だ。金次第だ」

斎藤は口元を歪めながら言った。

「睨まれようと、何を言われようと、通すべき筋は通す。それだけだ」

勇次は斎藤を睨みつけた。

「客かい？」

ドアが開いて、藤堂が覗《のぞ》きこんだ。

「お客さまはもうお帰りだ。藤堂さん、入って下さい」

勇次はドアの方に向かって言った。

藤堂は猫背の背中を、一層丸めるようにして入って来た。

「あっ、オヤジさん」

斎藤が緊張した顔で、弾かれたように立ち上がった。

「なんだい。珍しいな。斎藤じゃないか」

藤堂が戸惑いを浮かべた。

「いやぁ。こんなところでオヤジさんに会うとは。奇遇ですね。お元気でしたか」

斎藤は、嬉しそうな顔をした。

「お前こそ、勇次に何か用か」

藤堂は斎藤の正面に座った。

「例の青木さんの件、質問をするなと、わざわざ銀行の方と一緒に来られたのさ」

勇次は藤堂に言った。また椅子に座り直した。

「勇次は俺の古い友達だ」

藤堂は斎藤を鋭い目で見すえた。斎藤は目を泳がした。

「オヤジさんの友達でしたか。総会屋でしょう？」

「総会屋だろうがなんだろうが、友達は友達だ」

藤堂は怒ったように言った。

「すみません」

斎藤は頭を下げた。

隣に座っている山田は斎藤の頭を下げた姿に驚いて、

「お知り合いですか」

「知り合いもなにも、暴対課で藤堂のオヤジさんを知らないのはモグリだ」

「どうだい。勇次、モグリだとよ」

藤堂は誇らしげに胸を張った。

「藤堂さんが有名で良かった。この二人を早く帰して下さい。気分が悪い」

勇次は言い放った。

「青木の件は俺が勇次に頼んだのだ。死んだ青木善弘は俺の甥っ子だ」

藤堂は言った。

「オヤジさんが、こいつに頼んだ？　そうだったらそうと言って下されば……」

斎藤は苦々しそうに笑みを浮かべた。

「よく聞けよ。隣の銀行の人も」

藤堂の言葉に山田は神妙に頷いた。

「例えばだ。斎藤が暴力団抗争に巻き込まれて、撃たれて死んだとしようか。死ぬ間際に何を思う？」

「残される家族のことですかねぇ」

斎藤は上目遣いに答えた。

「そうだろう。死にゆく中で、家族の事を思うだろうな。でも死んだ後は、同僚や警察が家族の面倒を十分見てくれると信頼しているよな。だからこそ死ねるのだ」

「そりゃ、信じていますよ。でなけりゃやばい仕事などできやしない。楽な内勤に代わりますよ」

斎藤は、隣の山田に同意を求めるように曖昧な笑みを投げた。

「青木もお前と同じように銀行を信じて死んだ。ところが、銀行はその死を悼むどころか、勝手に死んだと言わんばかりなのだ。鉄砲で撃たれたのは、お前が馬鹿だったからだと言われたら、どうする」

藤堂は斎藤を指差した。

「死んでも死にきれません。化けて出てやりますよ」

斎藤は憤然と言った。

「そうだろう。お前がどんなに酷い奴だったとしても、いい仕事をしたとか、いい上司だったとか、ありがとうとか桜田門なら慰めの言葉の一つもかけてくれるぜ。それが人間ってものだ。仲間の死を迷惑とばかりにさっさと処理しようとするなんざ、人の道に外れている。そうは思わないか」

藤堂は斎藤を睨んだ。

斎藤は黙って、頷いた。

「俺が勇次に頼んだ理由が分かったか」

藤堂は声を張り上げた。

「分かりました。弔いというか、供養というか、死んだ青木さんの名誉のためですね」

斎藤は神妙な顔で言った。

「そうだ。分かりがいいじゃないか。銀行さんはどうだい？」

山田は何も答えない。

「あんたも銀行に殉職しちゃダメだよ。意外なほど冷たいからね。あなたのやってきたことなんか全て無意味だったように、ゴミ箱に捨てられてしまう。あっという間にね」

藤堂はゆっくりとした口調で山田に語りかけた。まるで説教をしているようだ。山田は藤堂の話を厳しい顔つきで聴いていた。

「帰ろうよ。山田さん」

斎藤が立ち上がった。山田も黙って立ち上がった。

「お時間を取らせてすみませんでした。オヤジさん、生きている奴のことより死んだ奴のことの方が大切なこともあることが分かりました」

斎藤は微笑した。

「株主総会でお会いしましょう」

山田は言った。

「質問していいのかい」

勇次は訊いた。

「仲間が道半ばで斃《たお》れて、それを悲しむことの出来ない銀行が、まともだとは思えません。これはオフレコです」

山田は口に手を当てた。

「やらせてもらうよ」

勇次は言った。

「応援は出来ませんが……」

山田は頭を下げた。

二人は事務所を出て行った。

「あの山田も悪い奴じゃねえな。宮仕えは辛いものだ」

藤堂は呟くように言った。

3

「夫はどういう業務に従事していたのですか。詳しく教えて下さい」

久子は悲痛な声を上げた。

目の前にいる矢部健司は腕組みをしたまま目を閉じている。唇はへの字に曲げ、眉間の皺が深い。がっしりした身体に四角い顔。まるで岩壁のような男だ。

「夫は仕事で亡くなったのですよ。夫がどういう仕事をしていたのか、なぜ死んだのか知りたいといっているのに、どうして教えて下さらないのですか」

「矢部さん。責任者は出てこないのですか」

勇次は訊いた。

矢部は目をかっと見開き、

「責任者はわたしです」

「人事部長と話したいと言って訪ねたのだが、責任者は人事部長じゃないのか」

「青木さんの問題についてはわたしが処理するよう命じられています」

矢部は人事部の労務厚生関係を担当していると自己紹介した。年齢は四十歳くらいか。固い表情を崩さない。

勇次と久子はコスモ金融グループの本社を訪ねた。株主総会とは別に、労災認定の協力を得るためだ。

「青木さんの問題とは、どういうことだ。これは青木さんの問題などではない。銀行の道理、道義の問題だ。それに……」

勇次は部屋を見渡した。殺風景な部屋だ。花も飾られていない。

「こんな部屋に通すなんて、青木夫人に失礼だろう」

矢部は勇次に言われるままに、ぐるりと部屋を見渡した。

「この部屋は、何か特殊な部屋なのですか」

久子は訊いた。

「ええ。この部屋はトラブルを持ち込んだ客を通す部屋で、あの辺りに」と勇次は天井を指差し、

「盗聴マイクとカメラが仕掛けられています」

「まあ」

久子は驚いて、声を上げた。

「部屋が他になかったものですから」

矢部は言った。

「ここは誠実に話し合いを求めている客を遇する部屋じゃない。ユスリ、たかりを通す部屋だ」

勇次は怒った。

「他に適当な部屋がなかったからです。わたしもこの部屋に盗聴器が仕掛けられていることなど知りません」

矢部は苦々しげに言った。

勇次は天井を見上げて、

「もし人事部長さんが盗聴システムを通じて、わたし達をご覧になっているのでしたら、よく見ておいて下さい。十分な話し合いをさせていただきますから」

と皮肉っぽい笑みを浮かべて言った。

矢部は困惑した顔で、天井を一瞥した。盗聴システムの向こうにいる人事部長に合図でも送るように、右手を軽く上げた。

勇次は矢部に向き直り、

「あなたは青木さんを知らないのか」

「一緒に仕事をしたことはありませんが存じております」

「仲間ではないのか」

「同じ銀行の行員でした」

「仲間ではないのか、と訊いているのだ」

「仲間……と申されましても、どういう意味か」

矢部は顔を歪めた。

「同じ職場に働く者が斃れて、悲しいとは思わないのか。悲しいと思えば、仲間だ」

勇次の問いに矢部は沈黙した。余計な事を発言して、言葉尻を取られたくないと思っている。

「青木さん、ご主人が亡くなられる前の様子を、この男に話してやりなさい。心が冷え切っているようだから」

勇次は久子に言った。

「夫は帰って来ない日もありました。帰ってきたとしても、十一時、十二時、時には翌朝になってしまう日もありました。今思えば夫の帰宅時間を記録しておくべきでした。疲れきって、顔色も悪いので、休んだら、といいましたが、打ち合わせがあるからと出かけて行きました。ある時は『いつも不毛の議論ばかりだ、堂々巡りの水掛け論ばかりだ』と嘆いておりました。あまり愚痴を言わない夫でしたから、疲れているのだなと思いました」

久子はとつとつと語った。

彼女はこうして夫のことを思い出せば思い出すほど、悲しみから逃れられない。悲しみが彼女を縛りつける。あの時、銀行に行くのを止められなかった自分を責めているのだ。夫を助けられなかった自分が許せないのだ。彼女は自らを責め、苛《さいな》むことでしか夫への贖罪《しょくざい》が出来ないかのように考えているに違いない。この悲しみが癒されることがあるのか、と勇次は久子を見ながら暗《あん》澹《たん》たる思いになった。

「毎日、深夜に帰宅していたのは事実として認めるのか。サービス残業は法律違反なのだぞ。知っているか」

サービス残業とは賃金不払い残業といい、リストラで人員が削減されるため、著しく増加する傾向にあった。これは労働基準法違反であり、六か月以下の懲役、または三十万円以下の罰金となる。しかし労働基準監督署の指導にも拘らず、いっこうに改善される様子はない。

「存じております。しかし青木さんはたいてい六時か七時には退行されていました」

矢部は無表情に言った。無理して作った表情とは思えない。長く組織にいると、本部エリートと言われる人間は段々と無表情になっていく。

「六時か七時ですって」

久子は怒りのこもった声をあげ、

「では、自宅には深夜に帰ってきていたことをどう説明すればよいのですか。毎日ですよ。毎日、深夜ですよ」

「さあ……」

「さあ、はないでしょう。記録を見せてください」

「記録はありません。タイムレコーダーはありませんから。部下が六時か七時にはお帰りになっていたと証言しています」

「そんなでたらめを証言する部下の方に会わせてください」

久子は必死の形相になった。善弘は毎日、深夜に帰宅していたのに、銀行は六時か七時に出ていたと言う。矢部は善弘がアフターファイブに忙しかったと言っているのに等しい。

「オンラインの事故は別にしても、システム統合の問題で忙しかった青木さんが、六時か七時に帰れたのか？　常識的に言って……」

勇次は矢部を睨んだ。矢部は勇次とは視線を合わせず、

「わたしはシステムのことは分かりません」

「分かる人に会わせて貰いたい。こちらも青木さんの仕事のことを知るためには、銀行の協力が必要なのだ。部下の方の証言も取りたい」

勇次は冷静に言った。矢部は黙っていた。回答を拒否したいという顔だ。隣で久子が拳を握り締め、膝頭に押しつけている。

「夫の机から出て来た書類などの中に打ち合わせの時間が記録してある書類がありました。それは九時ごろから始まった打ち合わせでした」

久子は怒りを込めた目を矢部に向けた。矢部は一瞬、当惑した顔になったが、直ぐに元の無表情に戻り、

「それは……たまたまでしょう」

と冷酷に言い放った。

「なにがたまたまですか」

久子は声を荒げ、突然立ち上がった。眼元からは涙が溢れ出すばかりだ。

矢部は身体をのけぞらせた。

「青木さん、落ち着きましょう。焦ったら、向こうの思う壺だ」

久子は勇次に諭され、しぶしぶ座り直した。

「遺族が夫の仕事がどんなであったか、どれほど大事な仕事をしていたのか、銀行では頼りにされていたのか、そういったことを知りたいという当然の要求も満たされないのか。それが企業なのか。人の悲しみや痛みが分からずに企業の社会的責任が果たせるのか。労災だってそうだ。これから遺族が暮らしを立てて行くに当たっては必要な資金だ。別に銀行の懐が痛むわけではあるまい。一緒になって労災認定を取りましょうと協力するのが筋じゃないか。何を恐れているのだ。何がそれほどどきみを、銀行を頑なにさせているのだ。わたしにはサッパリ理解できない」

勇次は矢部に語りかけた。矢部の心が少しでも融け出さないか、期待した。

「補償は金銭的に十分していると思いますが、それ以上は……」

矢部は聞き取り難い言葉で言った。

「馬鹿野郎！」

勇次は思わず机を叩いた。勇次自身が冷静さを失いそうになった。目の前の四角い顔をした無表情な男を思いきり殴りつけてやりたい衝動に駆られる。

「そこで顔も見せずにコントロールしている奴。人間の心を取り戻せ。人間あっての組織だろう。仲間の死の尊厳を無視する者は、自分自身が呪われるぞ」

勇次は天井に向かって言った。盗聴システムからこっそりと覗き見している者たちに聞こえればいいと思った。

戦うしかないな。

勇次は思った。

4

三軒茶屋駅を降りた。

勇次がこの駅に来たのは久し振りだ。昔、妻の麻江と一緒に暮らし始めたのが、この町だった。二人の時間が合うと、駅の近くの映画館で何週遅れかの映画を見て、名物オヤジのいる長崎ちゃんぽん屋で食事をするのが定番だった。勇次が頼むのは、いつもちゃんぽんで、麻江は皿うどんだった。これを二人で分けあって食べた。

あの頃は総会屋としては駆け出しで、金には余り縁がなかった。勇次が稼いだものは師匠の大物総会屋大川喜作が、ほとんど懐に入れていたからだ。勇次は金には淡白だった。だから稼ぎを大川が持って行く事に特に抵抗はなかった。しかし麻江に会った時に、見栄を張れない事だけは多少辛い気がしたものだった。麻江は銀座のクラブ『ひかり』のホステスをしていた。『ひかり』は老舗のクラブで客筋はよかった。当然、麻江の収入が勇次より上だった。

「俺が払うよ」

勇次が財布を取りだす。

「いいから、いいから」

と麻江は微笑んで、オヤジを見て、

「お勘定お願いします」

「オヤジさん、俺が払うから」

「いいの、もっと贅沢なものを奢ってよ。ねえ、オジさん」

「そうだよ。今日は麻江ちゃんに任せて。勇次さんは頑張って、贅沢させてやんな」

オヤジはにんまりと笑った。

「悪いな。苦労をかける」

勇次は神妙な顔で言った。

麻江は声に出して笑って、

「何、暗い顔、してんのよ。さあ、頑張ろうよ」

と明るく言った。


「こちらです」

久子は勇次を案内して、駅の地下から地上にでた。

「随分、変わりましたね」

勇次は、周りを見渡しながら言った。

「この辺りをご存じなのですか」

「ええ、昔、住んでいたものですから」

「そうですか」

「あの高い建物はなんですか」

「キャロットタワーといって、この町のシンボルみたいなものですね」

「比較的、新しい？」

「いつ頃でしょう？　バブルの頃にでも建ったのでしょうか。賑やかになって、芸能人などもよく訪れる町になったようですよ」

「昔、うまいちゃんぽん屋があったのですが。今もありますかね」

「ちゃんぽん屋さんですか。なにもかもが新しくなって行きますから……」

勇次は久子と三軒茶屋にあるコスモ金融グループの行員社宅に向かっていた。並木慎一という善弘と同じシステム部門で働いていて、出社拒否をしている人物に会うためだ。並木は激務でうつ病になったようだ。

久子に案内されてしばらく歩くと白いコンクリートの建物が見えて来た。

「あれがコスモの社宅です」

久子が言った。

六階建てくらいだろうか。新しい建物ではない。

勇次は記憶を辿る。この辺りも麻江と歩いたはずだが、この建物は、記憶に残っていない。社宅に向かう途中に教会があった。この教会は覚えている。麻江が、結婚式をするなら教会でやりたいと言ったからだ。白いウエディングドレス、チャペル、バージンロード……。麻江はうっとりとした顔をして、勇次に言った。麻江の夢は実現しなかった。結婚式を挙げなかったからだ。

「着きました」

久子は社宅の門扉の前に立った。

「会ってくれるのでしょうか」

勇次は訊いた。

「先日、お電話をした時は、奥様が、思ったより機嫌よく了解して下さいました。やはり同じような境遇にあると、助け合おうという気になるのでしょうか」

久子は期待しているように、微笑した。どのような僅かな情報でもいい。夫が生きていた様子を知りたい。夫が確かに存在していた証《あかし》を摑みたいという切なる思いなのだろう。

門扉を開け、中に入る。庭には誰もいない。子供の砂場が見えるが、遊んでいる子供はいない。

「そう言えば……」と勇次はふり返り、

「表札が出ていませんでしたね」

「世間の銀行批判が凄《すご》くて、表札を出していると悪戯《いたずら》されたりするようです。それで……」

久子は顔を曇らせた。

「表札を外している。銀行員も大変だ」

「ええそうです。わたしたちが結婚した当時は、銀行の社宅に入れるなんて憧《あこが》れみたいなところがあったのですが、時代は変わりますね」

久子は、目の端に愁《うれ》いを漂わせた。

「何階ですか」

「五階です」

勇次は階段を歩いた。古い建物で、エレベーターがないのだ。階段は狭く、薄暗い。あまり楽しい気分がしない。ふと並木との情報交換が上手く行かないのではないか、と不吉な予感がする。後ろから久子が黙々とついてくる。

「ここですね」

勇次は並木というカード式の表札を指差した。久子は、息を切らせて、小さく頷いた。

呼び鈴を押す。

「いらっしゃいますかね」

「ええ、連絡をしておきましたから」

久子は不安な顔を見せない。

ドアが開けられた。隙間から、女が顔を覗かせる。久子が身を乗り出して、

「青木です。お電話差し上げました」

「青木さんですか、並木佐和子です」

佐和子はドアチェーンを外した。ドアを大きく開けた。油気のない髪の毛が、痩せて頬骨の出た顔を被《おお》っている。佐和子は髪の毛を手で払った。窪《くぼ》んだ目の周りが異様に黒ずんでいる。

「お邪魔してよろしいですか」

久子は固い笑みを浮かべた。

「それが……、このアパートで誰かにお会いになりました？」

「いえ、誰にも？」

「よかった。だったらこのままお帰りいただけませんか」

佐和子は視線をふらつかせて、言った。

久子は耳を疑った。

「あの……、お電話では、いろいろとお話しいただけると……」

佐和子は困惑した顔で、

「そう言いましたけれど、事情が少し変わったのです」

「なにかあったのですか」

久子は訊いた。佐和子は黙った。

「銀行から何か言ってきましたか」

勇次が訊いた。佐和子は動揺した視線を勇次に送った。

「銀行が横槍を入れてきたのですね」

勇次は強い口調で言った。

「ちょっと小さな声で話してくれませんか。他人に聞かれてしまいます」

佐和子は不安げに周りを見た。

「ちょっとお邪魔できませんか。お願いします」

勇次は頭を下げた。

佐和子は、ちょっと考えた様子だったが、

「分かりました。お入り下さい」

と暗い声で言った。

「ありがとうございます」

勇次と久子は中に入った。狭い玄関には黒い革靴がきちんと揃えて置かれていた。

勇次と久子は玄関を上ったすぐ右にある和室に通された。

佐和子がお茶を運んで来た。

「ありがとうございます」

勇次が言った。

「すみません。変なことを申し上げて……」

佐和子が久子に頭を下げた。

「こちらこそ、ご迷惑をおかけします」

久子が頭を下げた。

「あなた方からアプローチがあっても会うなと言ってきました」

佐和子が表情を固くした。

「人事部からですか」

久子が訊いた。

「そうです。ですから今日は会わなかったことにして下さい」

佐和子の目の隈《くま》が一層、濃くなった。眠れない夜を過ごしているのだろうか。

「お客さんか」

和室の襖《ふすま》が開いた。トレーナーにTシャツというラフな恰好の男が現れた。並木慎一だ。身体は痩せ、青ざめ、生気のない顔をしている。

「青木さんの奥様よ」

「そりゃ、どうも」

並木は、小さく笑った。

「青木善弘の仕事振りについてお話しして、いただけないでしょうか」

久子はすがるように言った。

「青木さんはね。三つの銀行の調整にご苦労されておりました。あれが命を縮めた……」

並木は力のない声で言った。

「あなた！　向こうに行って」

佐和子は声を荒げた。並木は戸惑いを浮かべて、口ごもった。

「お話は勘弁して下さい」

佐和子は強い口調で言った。

「いいじゃないか。青木さんには世話になった。いい方だった。話しちゃいけないのかい」

「あなた。黙っていて頂戴。銀行から言われているでしょう。なにも話すなって。もし話した事が銀行にばれたら、面倒は見てくれないわよ」

佐和子は悲鳴のように言った。

「わかった」

並木は暗い顔で、襖を閉めた。

「なんとかお話をお聞かせ願えませんか」

「あの人、銀行に行かなくなったのです。朝、気分が悪い、心臓の辺りが痛いといいまして……。無理に行こうとしましたが、電車に乗ろうとすると頭が痛いと言って、ホームのベンチに座り込んでしまうのです」

「過労が原因なのでしょう」

久子は訊いた。

「毎日、遅かったですから、きっとそうだと思います。夜にうなされていることがありましたし……」

佐和子は苦しそうに唇を噛みしめ、眉間に皺を寄せた。

「わたしの夫も夜、うなされたりしておりました。毎晩、遅くて、疲れておりました。だいたい三つの銀行の利害を調整しながらシステムを作るなんて器用な芸当は、並の人間に出来るはずがありません。それにあのオンライン事故は余計でした。周りからはシステムのせいだと言われ、責任を感じながらの残業でした。夫がおかしくなるのも当然でした」

久子は大きなため息をついた。

佐和子は俯いて久子の話を聞いていた。時折、ぴくりと肩が動いた。しばらくして顔を上げる

と泣き腫《は》らして赤く充血した眼を久子に向けて、

「銀行は、怠け病、仮病じゃないかと言っていました。出社してこなければ、クビにするぞとまで言われました。わたしは焦って、あの人に銀行に行ってと泣きましたが、ますます行かなくなりました。ところが突然、銀行は態度を変えてきて、面倒を見るからゆっくり静養するようにと言ってきました。その代わり労災だ、なんだと騒ぐなとも……」

「汚いことをする銀行だ」

勇次は吐き捨てた。

「わたしは、夫を殺した責任を銀行にとらせ、夫の名誉を回復すること、そのために労災を申請しました。同じような境遇にあるわけですから、協力していただくわけにはいきませんか」

久子は頭を下げた。

「勘弁して下さい。協力したら、銀行からは面倒を見て貰えなくなります。この病気はいつ回復するかわかりません。回復して、あの人が銀行に行けるようになるまで、誰が面倒を見てくれるのですか。逆らうわけにはいきません」

佐和子は、必死の形相で久子を見た。

「協力したら、援助しないと言われたのですか」

勇次は訊いた。

「はっきりとは言われませんが、そういうことだと理解しています」

佐和子は苦しそうに言った。

「なんとか、夫がどのような勤務状態だったのか、銀行が言うように六時、七時に本当に帰っていたのか、それだけでも教えて下さい」

久子はハンカチを取り出した。涙が出始めたのだ。

「ここへあなた方が来られたことを、誰かが見ていて人事部に通報するかもしれないのです。そうなればわたしたちは終わりです」

佐和子は頭を下げたままだった。

久子はむせび泣いた。部屋の中に声が響いた。やっと夫のことを話してくれる人間を捜し当てたと思って期待したのに裏切られてしまった。

「非情なものだ。弱い者の弱いところを残酷に抉《えぐ》ってくる」

勇次は怒りが込み上げてきた。矢部のロボットのような無表情さを思いだした。

「申し訳ありません。申し訳ありません」

佐和子は言った。頭を上げようともしない。

「帰りましょう。わたしたちだけでなんとかしましょう」

勇次は久子に言った。

久子はハンカチで目を拭いながら、頭を軽く下げた。

「辛い思いをさせて、済みませんでした」

「こちらこそお役に立てなくて申し訳ありません。本当は、ご協力したいのです。銀行を恨んでいます。でも……」

佐和子は久子の目を見て言った。

「わかっています。もう結構です。お大事になさって下さい」

久子は優しく笑みを浮かべた。

青木善弘は死んだ。並木慎一は生きている。この違いは大きい。佐和子はまだ夫の病状が回復することに希望をもって生きていける。しかし久子にはその希望はない。彼女に出来るのは善弘の無念を晴らし、もう二度と戻らない善弘の人生に意味を与えることだけだ。

「なんだかファイトが湧いてきましたわ」

久子は門扉の外から、コンクリートの社宅を見上げて言った。その顔には生気が戻っているように見えた。人に頼ることはできない。自分一人で戦うのだという覚悟ができたのだろう。涙はもう消えていた。

「とことんやってやりましょう」

勇次は久子を見て、無理に笑みを作った。

5

有楽町にある東京国際フォーラムビルに多くの株主が吸い込まれて行く。全面ガラス張りの船のようなビルは多くのイベントに利用されているが、コスモ金融グループもここで統合以来、株主総会を開催していた。

勇次は受付に行った。藤堂と久子も一緒だった。ずらりと受付担当が並んでいる。さすがは世界一の規模を誇る銀行だと、妙なところに感心する。その中に山田がいた。勇次と目があった。緊張した顔を見せた。山田が近づいてきた。勇次は軽く頭を下げた。藤堂も厳しい目で睨みつけた。

「いよいよですね」

山田は言った。

「しっかりやるよ」

勇次は言った。

「見ていますよ」

山田は固い表情を崩さない。

「青木さん、ですか」

山田は久子を見た。

「ええ」

久子は答えた。

山田は、もう一度勇次を見つめ、黙って担当部署に戻って行った。

「あの人は？」

久子は訊いた。

「いい奴ですよ」

勇次は答えた。

「そうですか」

久子は小さく顔を綻《ほころ》ばせた。

観客席の最上階に座ると、舞台が遠く、小さく、役員の顔などは見えない。これでは攻め手も迫力を欠く。相手の表情を見ながらの駆け引きが出来ない。勇次はできるだけ前へ進んだ。

舞台の前は相変わらず行員達で埋め尽くされていた。せっかく新時代に向かって統合したのだから、行員株主を使うなと言いたい気持ちになった。

「大丈夫ですか」

勇次は隣に座った久子を気遣った。久子は真っ直ぐ正面を見つめたまま頷いた。藤堂も厳しい視線を壇上に送っている。

「オヤジさん」

頭の上から声がした。見上げると、斎藤が立っていた。

「おう、ご苦労だな」

藤堂が言った。

「今日はオヤジさんも質問するのですか」

「俺はやらないよ。勇次に任せている」

藤堂は笑った。

「暴対の連中も今日ばかりは、あんた達を応援しているぜ」

斎藤は勇次に真面目な顔で言った。

「すまないな」

勇次は微笑んだ。

警察が株主総会の警備を企業から依頼された場合、総会屋排除という目的のために、どうしても株主に敵対しがちな行動となってしまうのだが、今回ばかりは元総会屋を応援するというのだ。藤堂の口利きもあるが、それだけ銀行が嫌われ、信頼を失っている証拠だともいえる。

「あの方は？」

久子は訊いた。

「刑事ですよ」

「わたしたちを応援しているとおっしゃいましたが……」

「そのようですよ。味方が多いというのは、心強いことです」

勇次の言葉に、久子は大きく頷いた。

「好きなだけやってくれ。お前なら女性株主も味方になるぜ」

藤堂が冷やかした。

会場はほぼ満席に近くなった。

「始まりますね」

勇次は久子に言った。

時計が開始時刻の午前十時を指した。

ひな壇と呼ばれる壇上には、河原社長を囲むように役員達がずらりと並んでいる。どの顔もまるで能面の様だ。背筋を伸ばし、正面のどこか一点をじっと見つめ、動かない。

「定刻になりました……」

司会者が開会時刻を告げた。

河原社長が一礼をして、

「ただ今より、株主総会を開催いたします」

と開会を宣言した。

濃紺のダブルのスーツに派手な赤いネクタイをしている。小柄な身体を少しでも大きく見せようとしているのか、身体を反らし気味に会場を見渡した。目はあちこちに忙しく動き、落ち着きがない。

河原は抑揚のない声で招集通知書の業績欄を読み始める。念仏を聞いているようで、眠くなってくる。株主に伝えようとする熱意は微塵も感じられない。時折、ヤジが飛ぶ。

「幾つか質問を頂いていますが、特にお答えの必要がないと判断いたしますので、回答は省略させていただきます」

すぐに会場のあちこちから手が上がり、質問者が立った。

オンライン事故の責任について
貸し渋りについて
収益計画について
次々に質問が河原に浴びせ掛けられる。河原は特に感情を表に出さず、淡々と回答して行く。巧みに論点を外していく。周りの役員達は身体を硬直させ、宙の一点を見つめつづけている。

「あなたの頼りなげな顔は巨大金融グループに相応しいとは思えないという意見があるが、どう思うか」

株主の河原を揶揄《やゆ》するような質問にも、

「この顔は変えようがありませんので、ご寛容に願います」

と自分は交替する気がないことを言外に匂わした回答でかわす。会場から失笑が漏れた。

勇次が指名された。勇次はゆっくりと立ち上がった。身長一八五センチ、甘いマスクの勇次が立つと、会場の視線は一斉に集中した。いそいそと係員がマイクを持ってくる。

河原が小さな目を瞬きして、勇次を見つめている。後ろに控えている担当がメモを回している。何度か頷いている。元総会屋だとのメモを見せられているのだろう。河原の顔に僅かに緊張が走った。

「あなたは青木善弘氏を知っていますか」

勇次は訊いた。勇次の声はよく通る。

「青木善弘氏を知っているか、とのご質問ですが、申し訳ありませんが、当グループには二万人以上の行員がおり、個々の名前まで承知いたしておりません」

河原は無表情に答えた。何の感情も顔に表さない。

「先のオンライン事故で過労死をしたシステム企画の行員だ。それでも知らないというのか」

「株主様はわたくしがご指名してからご質問ください。それにわたくしとの掛け合いはご遠慮願います。ちなみに今のご質問については、過労死した行員はおりません」

会場は新しいビルとなったが、株主総会のスタイルだけは昔のままだ。ただ終わればいいという考えで運営されている総会だ。企業の説明責任を果たそうという責任感など河原からは伝わってこない。

勇次は一息入れ、河原を睨む。河原は勇次の視線をまともに受け止めず、視線を逸らす。

「ここに青木善弘氏の夫人が来ておられる」

久子が立ち上がった。

「顔見知りの人もいるはずだ。青木氏は先のオンライン事故の修復に奔走し、ついに力つき亡くなった。壮烈な戦死である。コンピュータ統合に係わる経営者の大いなる判断ミスに現場の行員が巻き込まれ、殺されたのだ。行員の健康管理についてはどのように考えている」

「行員の健康管理については健康診断の実施など、万全を期しております。なお、青木氏については過労死かどうか、まだ決定しておりません。ですから当方に責任はございません」

「青木氏は毎夜遅くまで、時には自宅にも戻らず、システムの修復に奔走していた。自分の責任を果たす為だ。ここにいる夫人はその夫の姿をこのままでは身体を害するのではと心を砕いて見ていた」

勇次は久子に視線を送る。俯き、目頭を押さえている。

「その夫が突然、夜、心臓を押さえ、苦しみ、子供や妻の必死の介抱も虚しく亡くなった」

「議案に関係のない質問はご遠慮下さい」

河原が介入してくる。

「喋《しゃべ》らせろ。奥さんまで来ているじゃないか」

と会場から勇次を励ます声がかかる。河原はきょろきょろと視線を動かしたかと思うと、黙ってしまった。

「青木氏は良き父であり、良き夫であり、良き企業人だった。ここに子供に宛てた手紙がある。亡くなる一年前にドイツに出張した。そこからの手紙だ。青木氏はどこに行っても、出張先から子供に手紙を書いている」

勇次は胸ポケットから手紙を取り出した。「『パパは今、銀行の仕事でドイツに来ている。ドイツの支店のコンピュータシステムを新しくするためだ。一生懸命仕事をしたので、支店の皆さんに喜ばれた。支店長にも褒められたんだぞ。パパのやっているコンピュータシステムの開発は銀行の心臓部の仕事だ。いいコンピュータシステムがないと、いい仕事はできない。とても大事な仕事を任されていて、責任重大だ。パパが一生懸命仕事をすれば、銀行もいい仕事ができるなんて素晴らしいと思わないか。ところで祐樹はママの言う事を聞いて、ママを困らせたりしないように、ちゃんとやっているんだろうね。パパがいない時は祐樹が一家の大黒柱なのだから、その自覚を持たねばいけないよ。そうだ。祐樹が興味を持つなら、こんどコンピュータについて教えてあげよう。勿論、いい子でいたら、だけどね。パパはどこにいても、ママや祐樹のことを心から愛している』こんなに家庭や仕事を愛した人間が死んだ。それなのにきみ達は……」

勇次は、壇上の役員達を指差し、

「きみ達は、青木夫人の労災認定の申し出に対し、それは不名誉だから止めろと忠告した。仕事を愛した男の死を不名誉として切り捨てるつもりなのか！」

とよく通る声で言い放った。会場がどよめく。勇次の横で久子が嗚咽する。

「なぜ、必死で銀行のために働き、そして斃れた者の死が、不名誉なのだ。そしてその妻が、夫が如何に仕事と戦ったのか、如何に戦死したのか、それを知ろうとすることを、なぜ邪魔するのだ。青木氏はきみ達のかけがえのない仲間だろう。その仲間の死を悼み、その名誉を称えることは、人間として当然のことではないのか。なぜ謝罪し、妻とともに仲間の死を『名誉ある死』として、今後の健康管理体制の改善に繋げないのだ」

「議案と関係のない質問は……」

「黙りなさい。これは経営理念の問題だ。行員の名誉を守れない銀行が、お客を守れるか」

勇次は河原を叱りつけるように言った。

「その通りです」

会場から一人の男が立ち上がった。河原はその男を指名した。男にマイクが渡された。

「あの人……」

久子は男を見て、驚いた顔で呟いた。

男は並木慎一だった。顔色も悪く、身体も痩せ、立っているのがやっとのようだ。息を切らせている。彼を支えているのは、佐和子だった。

並木と佐和子が、勇次の方に顔を向けた。お互いが目だけで、合図を交わした。久子は二人の様子をじっと見つめている。

「並木さん夫婦ですよ」

勇次が興奮した様子で久子に言った。久子は、明るい表情で、

「並木さん、出てきてくださったのですね」

と目頭を押さえた。

並木が久子に向って、軽く手を上げた。弱々しく笑みを浮かべた。

「なんだか、亡くなった主人に良く似ている気がします」

久子は並木を見つめながら、言った。少し顔を赤らめている。

並木を訪ねて、会ったときには気づかなかったが、言われてみれば仏壇にあった写真に写っていた青木善弘に似ていなくもない。勿論、写真は健康そのものの善弘だったから、並木のように痩せてはいない。しかし優しい顔立ちに、なで肩の身体つきのところなどは、そっくりだ。

「そういえば、なんとなく感じが似ていますね。ご主人が応援に駆けつけてくれたのでしょうか」

勇次が久子に微笑んだ。

「おい、あの男。善弘に、なんとなく似ている気がするな……」

藤堂も驚いた声を出した。久子は藤堂の声と同時に堪えきれないように、肩を揺らして再び嗚咽を洩らし始めた。

「株主の並木と言います」

並木は思いの他、しっかりした口調で名乗った。

「わたしも青木さんと同じコスモの行員です」

並木が亡くなった青木と同じコスモ金融グループに属していると言った時、会場がざわついた。

無表情だったひな壇の役員の中には、並木を見て露骨に顔を顰める者もいた。

「過労死の認定には銀行の協力が不可欠です。この認定を取る事が、どうして銀行の不名誉になるのでしょうか。先ほどの株主さんがおっしゃったように『名誉ある死』として称え、その原因を追究し、二度と同じ事を起こさないことこそ企業の社会的責任ではないでしょうか。確かにその過程で過重な労働の実態や賃金不払い残業の事も明らかになるでしょう。しかし死んだ後もきっちりと家族を守ってくれる銀行だと行員が信頼すれば、更に意欲的に働き、業績も向上するに違いありません。今日、企業と働く者との絆《きずな》が切れつつあるように感じられます。リストラ、収益向上、課題は多くありますが、厳しい時代だからこそこの絆が大切ではないでしょうか。青木さんの死の名誉を回復することは、この絆を太くする契機となるのではないでしょうか。わたしもあのコンピュータシステムトラブルでストレスから神経を少し患いました。今も休職させていただいている身です。そういう意味では銀行に感謝しております。しかしわたしも青木さんと同様に死んでいたかもしれないと思った時、いてもたってもいられなくなりました。二度と、わたしや青木さんのような犠牲者を作りだしてはならないのです」

並木は時折、久子に微笑みかけながら、ゆっくりと、力強く話した。あの痩せた身体のどこに力が残っているのだろうか、と思わせた。

「青木さんは、本当に仕事熱心で、銀行のことを大事に考え、その将来に希望を抱いていた素晴らしい方でした。青木さんの死の名誉を回復することは、信用を失った銀行の名誉を回復する道でもあると信じます」

並木は、力強く締めくくった。話し終えた時、久子は並木に拍手をした。涙ぐみ、手が腫れるほどたたく。すると誰かが、久子に呼応して拍手した。また一人、また一人……。拍手は波のように会場全体に広がり始めた。

拍手の波は壇上の役員達にも届いた。不安そうに、隣同士でこそこそと会話を始める役員もいた。

河原の顔にも明らかに動揺の色が見え始めた。焦りの表情が浮かんでいる。近くに控えている弁護士に助けを求め、しきりに何事か声を掛けている。

拍手は続いている。株主の最前列に陣取っている行員株主達も拍手をしていた。銀行から株主総会を無事終わらせるために動員されたはずの行員株主たちが、ひな壇の役員達を睨みつけながら拍手している。抵抗の拍手だ。

「名誉ある死だ」

「行員の名誉回復を約束しろ。でないと安心して働けないぞ」

株主の席から、別の男が立ち上がって叫んだ。

「不規則発言はお止め下さい。拍手も議事進行の妨害になります」

河原はマイクを握り締め、必死に会場に向かって呼びかけている。しかし拍手は鳴り止まない。ますます大きくなり、会場に響きわたった。

「あら？」

久子が困惑したような顔をした。

「どうしました？」

勇次は訊いた。

「応援してくださった並木さんが見えなくなりました」

久子は、首を長く伸ばして並木が立っていた方向を探していた。

「ちょっと目を離した隙に、見えなくなってしまいました。お帰りになったのでしょうか」

「並木さんは、あの発言で精も根もつき果てるほど疲れたのでしょうか。ひょっとして善弘さんが、並木さんをこの会場に連れてきたのかもしれませんね」

勇次は、呟いた。

久子は、勇次を見つめたかと思うと、その場にくずおれ、声に出して泣きじゃくり始めた。

「拍手をお止め下さい」

河原が、大声で叫んでいる。

銀行が久子に協力して、青木善弘の死の名誉を回復し、過労死認定に向けて協力を約束するかどうかは分からない。あの河原のことだ、きっと浅ましく、逃げ切りを図ろうとするだろう。それが、銀行のためだと思いこんでいるからだ。

しかし働く者に愛情を注げない銀行が、道義的に存在を許されるとは思えない。並木が言ったとおり、経営者と働く者との絆を太くした銀行が、これからは生き残るに違いない。この拍手はその事を河原に教えているのだ。いつかきっと深い後悔とともに、河原はこの拍手を思いだすことだろう。

勇次はマイクを握り直した。

「勇次、どんどん追及しろ」

藤堂が、久子を介抱しながら、ニヤリと笑った。

「ああ」

と勇次は大きく頷き、

「河原社長！」

と叫んだ。
河原は怯《おび》えた目を勇次に向けた。

堕ちた歯車

1

間違いファックスが流れてきた。

宛先は「曽我部《そがべ》信也事務所」。差出人は「有限会社井上商事　代表井上真理子」。ファックスの内容は「銀座『らんぶる』で一時半にお待ちします」。たったこれだけだ。そして喫茶店の住所が記載してある。

――曽我部の事務所の住所も電話番号もファックス番号もきちんと書いてある。間違いようのないはずだ。なぜこれが俺のところに……。

木下勇次は時計を見た。もう一時を過ぎている。さきほどから井上商事に電話しているが、通じなかった。

井上真理子。銀座八丁目の老舗《しにせ》クラブ『ひかり』のママだ。井上商事はその経営母体。以前は勇次も相当な頻度で『ひかり』に通い、真理子とも親しくしていたが、足が遠のいてから久しい。

「仕方がない。『らんぶる』に行ってみるか」

勇次は身支度を整えた。久しぶりに真理子と会って、近況を話すのもいい。それにファックスを間違って流すような慌《あわ》てぶりをからかってやるつもりだ。

『らんぶる』は勇次の事務所から近い。歩いて十数分だ。銀座七丁目の裏通りで、ひっそりと隠れるように営業している。最近はニューヨーク風のカフェが増殖して、昔ながらの喫茶店を街から駆逐《くちく》してしまった。『らんぶる』はそうした時代の流れにことさら抗《あらが》うこともなく、ひっそりとコーヒーの味だけを守っている。コーヒー好きがこの世からなくなることはないと固く信じているように見える。

ドアを押すと、カランという鈴の音が響いた。中はさほど広くない。音楽もなにもない。静かなものだ。客は思い思いの様子で寛いでいる。

マスターがコーヒーを淹《い》れながら、ちらりとこちらを見た。大げさな歓迎の言葉もない。視線だけだ。

窓際の席に座った。一時半まで、あと三分。ちょうど注文したコーヒーが出てくるころだろう。ジャケットのポケットからファックスを取り出した。送信時間は十二時五十分。送信場所も、井上商事からではない。事務代行のサービスステーションのようだ。

——間違いではなく、最初から俺のところに……。

カランと鈴が鳴った。

ドアを見た。つば広の帽子を目深《まぶか》に被り、コートに身を包んだ女性が立っている。三月とは言え、まだ寒い。手に紙袋を提げていた。

勇次は女を見つめた。女は顔を上げた。帽子で顔がよく見えない。目が合った。女はたちまち微笑《ほほえ》み、帽子をとった。真理子だ。うりざね顔に黒く大きな瞳《ひとみ》。色白の魅力は昔のままだ。

真理子が前に座った。近くで見ると肌にみずみずしさがなくなり、年には勝てないのか、少し緩んだ印象だ。それよりなにより表情が暗い。

「やっぱり来てくれたのね」

真理子は俯《うつむ》き加減で言った。ハンドバッグからシガレットケースを取り出し、メンソール風味の煙草を指に挟《はさ》んだ。

「変わらないな……。何か頼もうか」

「時間がないの。でも、お願い」

勇次はブレンドを追加オーダーした。

真理子は煙草を深く吸って、煙を吐いた。灰皿を探してマスターの方を向いた。マスターが困惑した顔で、壁を指差す。そこには小さく『禁煙』の文字があった。真理子は慌てて煙草をシガレットケースの蓋《ふた》でもみ消した。

「慌て者だな」

勇次は笑った。

マスターがコーヒーを運んできた。いい香りだ。

「わたしの慌て者は治らないわ」

真理子は薄く笑った。

「どうしたんだい。あんなファックスを送りつけたりして……」

「あなたしかいないと思った」

真理子のコーヒーが運ばれてきた。彼女が一口呑《の》んだ。

「美味《おい》しい」

真理子は目を細め、ため息をついた。

「俺の番号がよくわかったな」

「古い名刺を探して調べたの。会社名だけは変えてないだろうと思った」

「日本情報社を覚えていたのか」

勇次は新しい名刺を渡した。

「事務所はすぐ近くだ」

「景気は？」

「細々《ほそぼそ》とやってる。そちらは？」

勇次はコーヒーを口に含んだ。苦さが広がった。

「お店、閉めたわ」

真理子は、ぽつりと言った。

「閉めた？　本当か」

勇次は少し驚いて真理子の顔を見た。真理子は指先でシガレットケースをいじっている。落ち着かない様子だ。

「いろいろあってね。経営が厳しくなったの」

「流行《はや》っていたじゃないか」

勇次は詰《なじ》るように言ってみた。

「そう……」

真理子は辛《つら》そうな顔を見せた。景気の悪化は、銀座の老舗クラブにも影響しているのだろう。

「もう一度訊《き》くが、なぜあんなファックスを寄越した？」

真理子は黙って床に置いた紙袋を手で押し、勇次の方に滑らせた。

勇次は紙袋を一瞥し、真理子に目を戻した。何の変哲もない大手百貨店の袋だ。

「なんだい、これは」

「預かって」

袋を開いた。かさばった紙包みが三つ入っている。角張っていて固そうだ。

「書類か」

「お金よ」

真理子は小声で言った。シガレットケースを指先で挟み、テーブルにコツコツと打ちつけた。

「金？」

勇次は訊き返した。胸がざわりと騒いだ。この大きさだと、三千万はあるだろう。真理子の目が暗い。怯《おび》えが見えた。

「どうした」

勇次は訊いた。

「言わなきゃ駄目？」

真理子は顔を伏せた。コツコツという音が耳障りに響いた。

「聞かないわけにはいかない。リスクが大きい」

「何も言わずに預かって。そんなに長い間じゃないから」

真理子は手を合わせた。

「それはできない」

トラブルに巻き込まれるわけにはいかない。しかし、真理子は視線を合わせずに立ち上がり、帽子を被った。

「時間がないの。お願い。また連絡するから」

真理子は焦った様子で言った。

勇次は紙袋を真理子の方へ動かした。重い。ずっしりとした手ごたえだ。

「持って行けよ」

勇次は言った。

「ありがとう。コーヒー、美味しかったわ」

真理子は勇次の言葉を無視して、背を向けた。

「俺が使うぞ」

真理子の背中に言った。

「いいわよ。その方がすっきりする」

真理子は振り返らなかった。鈴の音が激しく鳴った。

2

紙袋をベッドに投げた。それはベッドの上で安定を失い、横倒しになった。中から紙に包まれた固まりが転がり出て来た。

厄介な物を抱え込んでしまった。

勇次は顔を顰《しか》めた。

冷蔵庫から缶ビールを取り出した。プルを引く。炭酸が抜ける音がして、泡が吹き出した。喉に流し込むと、冷たさと苦さが頭の裏側を刺激した。

勇次は新聞を手に取った。相変わらず不景気な記事ばかりだ。特に金融関係が酷《ひど》い。銀行が景気の足を引っ張っている。金融不安が日増しに増幅していた。

見慣れない写真が目に入った。武山金融担当大臣の「金融再生プログラム」に反対を表明して、七人の大手銀行頭取が雁首《がんくび》をそろえて共同記者会見に臨んだのだ。武山は元大学教授で、首相が自ら民間からスカウトしてきた人物だ。

写真を眺めていると、勇次は胸がむかついてきた。たった一人の大臣に七人もの大人が挑みかかっている。一対一の世界で生きている勇次には信じられない光景だった。

七体地蔵尊……。

落ち武者を村人が姦計《かんけい》を弄《ろう》して殺害した。それ以来村が祟《たた》られるようになり、落ち武者の霊を鎮めるために村人は七体の地蔵尊を建立したと言う。故郷の地に残る平家の落人伝説だ。勇次は写真を見ながらその伝説を思い出していた。

彼らのうちのリーダー格であるＡＢＣ銀行頭取は、「突然のルール変更は許せない」と大きな鼻を膨らませて、怒りの言葉を吐き散らした。武山大臣が銀行に「資産査定の厳格化」、「自己資本の充実」、「ガバナンスの強化」を提案し、なかでも繰延税金資産の見直しを求めたからだ。

銀行は不良債権を処理する際に引当金を積むが、実際に企業が破綻などしない限りは費用として認められない。そのため税金を先払いすることになる。この税金は損失が確定したら戻ってくるものだ。そこで銀行はこれを繰延税金資産として計上し、同額を自己資本に組み入れている。

このことを武山は資本の水増しと言い切った。これを見直すと発表したから、銀行トップは慌てたのだ。

こんなことをされたら、大手銀行は軒並み自己資本比率の国際基準である八パーセントを割り込んでしまい、たちまち資本不足に陥り、国有化されてしまう。そうなったらトップは経営責任をとらされ、逮捕されるかもしれない。恐怖が七人のトップを結束させた。そこで今回の七体地蔵尊の抗議になったというわけだ。

「役人に脅かされなければ、自分のケツも拭《ふ》けない奴らだ……」

勇次は写真に向かって呟《つぶや》いた。

テレビのスイッチを入れた。ニュースをやっている。

「武山大臣が不景気の原因だ」

威勢のいい発言が耳に飛び込んできた。曽我部信也だ。民自党、金融族の雄。年は五十五、六といったところだろう。精悍《せいかん》な顔つき。鋭い目つき。硬い髪をオールバックにした姿は、戦う姿勢そのものだ。

「武山大臣みたいな学者があれこれいうから、景気が悪くなる。繰延税金資産の見直しなど、突然に実行すると銀行は資本不足になって貸し剝《は》がしに走る。もっと景気が悪くなる。それで良いのか」

ゲストスピーカーとして、激しく武山を攻撃している。曽我部は武山のポストに就任したがっていると噂《うわさ》されていた。

「偉くなったな」

勇次は曽我部の顔を見ながら、ビールを口に含んだ。

曽我部とは古い馴染《なじ》みだ。彼は『ひかり』の常連客だった。

三十代の前半だっただろうか。当時彼は大蔵省の官僚だった。深夜までよく銀行のＭＯＦ担と呑んでいた。ＭＯＦというのは、Ministry of Finance（大蔵省）の略称だ。

曽我部は遊び方が綺麗《きれい》だった。官僚は接待されるとだらしなくなって、女に溺《おぼ》れたりする奴が多いが、彼はそうではなかった。『ひかり』でも真剣に政策論議をしていることがあったが、その姿は微笑ましくさえあった。

曽我部と勇次は真理子の紹介で知り合い、意気投合した。曽我部には夢があった。ちいさな町工場で物作りに必死で取り組んだ父親を誇りに思い、日本の中小企業を助けたいのだと熱っぽく語っていた。

父親が作ったという小さな歯車をいつもポケットに忍ばせ、勇次に見せた。父親の仕事を自慢気に話した。勇次は彼の夢を実現させるために人を紹介し、情報を提供した。そして彼は政界にデビューした。

その頃、曽我部と真理子の間に関係が出来たと後から人に聞いた。

「繰延税金資産の見直しなど、中止すべきだ」

曽我部が司会者に唾を飛ばしている。

真理子とはまだ別れていないに違いない。昔のような男女の関係ではないにしろ、なんらかの関係が続いているのだろう。だから曽我部にファックスをしようとしていたのだ。『ひかり』を閉めたという真理子の苦境を、彼は知っているのだろうか。

酔いが軽くまわってきた。ベッドに身体を横たえる。目の前に紙袋がある。

どうするかな……。

勇次はぼんやりとした頭で考えた。

テレビからは、まだ曽我部の声が聞こえている。視界が濁ってきた。睡魔が勇次に丸ごと摑《つか》みかかってきた。

なんの金だ……。

寝言のように呟いた。

夕暮れが近づいてきた。今日も一日が終わる。依頼客は誰も来ない。総会屋じゃ食えないから経営コンサルタントを自称しているが、勇次に相談するような奇特な経営者はなかなか現れない。

部屋の隅に置いた紙袋が目に入る。真理子から預かったものだ。このままだとあの金に手をつけかねない。真理子は何も言ってこない。もう二日が過ぎた。

『本日正午過ぎ、渋谷駅南口のTホテルの室内で、女性が刺されて死んでいるのが発見されました』

テレビが殺人事件のニュースを報じている。全く嫌な出来事ばかりだ。

『従業員が室内を清掃しようとしたところ、腹部をナイフで刺され、血だらけになってベッドに横たわっている女性を発見しました。既に女性は出血多量で死亡しており、死亡推定時刻は昨夜十時ごろと思われます。女性は数日前からこのホテルに滞在しており、昨夜は――』

女性が殺されたようだ。ホテルで殺されたというのだから、コールガールかなにかだろうか。テレビのスイッチを切りたくなる。

『女性の名前は井上真理子さん――』

勇次の耳が凍り、身体が震えた。全身が太い棒で貫かれたように硬直した。慌てて部屋の明かりを点けた。テレビの画面を見つめる。

『女性を訪ねてきた不審な人物がいないかなど、警察は怨恨、トラブルの可能性もあると見て、井上さんの交友関係を中心に調べています』

真理子が死んだ？　殺された？

何かの間違いだろう。同姓同名に違いない。身体を強張《こわば》らせたまま、テレビを見つめた。画面に写真が出た。勇次は目を擦る。食い入るように見つめる。免許証の写真なのか、表情がない。真理子にも見えるし、違うようにも見える。気持ちが真理子でないことを祈っているから、余計にそう見える。しかし色白な感じは、やはり真理子だ。

勇次は紙袋に歩み寄った。中に手を入れ、包みを取り出す。ずっしりと重い。包み紙を破る。百万円の束が、きっちり十束ある。一千万だ。もう一つも破る。同じく一千万。もう一つ……。全部で三千万円。

これが原因なのか。

勇次は再びテレビを見た。もう違うニュースに変わっていた。

「猫ババするわけには行くまい」

勇次は札束を見つめて呟いた。

3

銀座のネオンもどことなく寂しい。二日前、久しぶりに再会したばかりの真理子が、あっけなく死んだ。はかないものだ。無残にも血まみれになりながら、真理子は何を思ったことだろう。それにしても真理子はなぜ、自分に金を託したのか……。

勇次は、『らんぶる』での真理子を思い出していた。何かに追われているように、落ち着かない様子だった。

勇次の足は自然と『ひかり』に向かっていた。店の入っていたビルは身体が覚えている。

勇次はビルの前に立ち、ネオンを見上げた。たくさんのクラブの看板がある。『ひかり』の看板もある。ビルのオーナーは店子《たなこ》が退去しても新しい店子が決まるまで看板はそのままにしておく。取り外すと、みすぼらしくなるからだ。だから店を閉めたはずの『ひかり』の看板もそのままにされている。

ビルの三階だ。エレベーターに男を連れて女が乗り込んできた。緑の和服を着た小柄な女だ。笑うと笑窪《えくぼ》が見える。うっすらと見覚えがある。女が男の腕を巻き取りながら、横目で勇次を見た。瞳《ひとみ》に緊張が浮かび、そして緩んだ。

「勇次さん……勇次さんじゃないの」

女が弾んだ声で言った。

男が不機嫌そうに女と勇次を見比べた。

勇次は軽く頭を下げた。

「やっぱり勇次さんだ。懐かしいわ」

「知り合いか」

男が訊いた。ますます不機嫌な顔だ。

「昔のコレよ」

女が大げさに小指を立てた。

「確か……しん子？」

勇次は記憶の底から名前をつかみ出した。

「よく覚えていてくれたわね」

嬉《うれ》しそうに微笑んだ。

エレベーターのドアが開いた。

「着いたぞ」

しん子の腰に手を回した男が、勇次に言った。イラついた声だ。

「四階の『バタフライ』にいるから」

しん子が外に出ようとする勇次に声をかけた。勇次が振り向くと、

「待ってるから」

しん子は真剣な目つきだった。必ず来てくれと告げている。

男が急いでボタンを押した。勇次の目の前でエレベーターのドアが閉まる。

しん子は『ひかり』に長くいた。真理子の右腕と言っていい。けっして美人ではないが、愛嬌《あいきょう》のある女で人気があった。

三階にはエレベーターを中心に三軒の店がある。勇次は『ひかり』のドアの前に立った。そっと押してみる。次に力を入れて押してみる。ドアは開かない。店を閉めたというのは本当のようだ。

「真理子ママは酷いことになったわね」

振り向くと、黒いドレスの女が立っていた。吊りあがった目をした細身の女だ。

「いつ頃、閉めたのかな」

勇次は訊いた。

「つい最近、先週末よ。突然だったわ。結構流行っていたと思っていたのにね」

「そちらはどうなんだい」

「うちも大変。そこの『パドック』ってクラブなんだけど」

女は『ひかり』の隣のドアを指差した。オーナーが競馬好きなのだろうか。

「付き合いはあったのか」

「そこそこね」

女は目頭を押さえた。

「なにか変わったことは……」

「店を閉めた直後に、男が何度か訪ねて来たわ。ちゃんとスーツを着た男よ。黒柳とか言っていた」

「客なのかな」

勇次は訊いた。

「ママに会ったら連絡してくれって。ただの客にしては、ちょっと怖いくらい必死だったわ」

女はドレスの胸元を寄せると、眉間《みけん》に皺《しわ》を刻んだ。

「客がいないと冷えるわね」

「ママが取引していたのはＡＢＣ銀行か」

勇次は金の帯封を思い出した。

「そうだと思う。このビルのオーナーの取引銀行がＡＢＣ銀行の銀座支店だから……。わたしの店も同じ。ところであなた、刑事さん？」

「どう見える？」

「そうは見えないけど。呑んで行く？」

女は小首を傾《かし》げて、媚《こび》を売る様子を見せた。

勇次はしん子の店を訪ねるつもりだった。

「そう、残念。またね」

女はそう言い残すと、ドアを開けて店に入った。客はいない。数人の女がちらりと顔を覗《のぞ》かせた。

どこもかしこも湿っていやがる。

真理子も金に困っていた。追い詰められるほどに。

「しん子に話を聞くか」

勇次はひとりごちて、エレベーターのボタンを押した。

4

「ああ、勇次さん」

しん子が首に手を回してきた。甘く濃い香水の香りが、鼻腔《びこう》を刺激する。

店の中には数人の客がいた。カウンターと小さなテーブル席が三つ。女はしん子の他に四人。

「いつから、この店にいる?」

勇次は訊いた。

「ついこの間よ。『ひかり』が突然、閉まっちゃってから」

しん子が小さな目を見開いて、勇次を見つめた。少し潤んでいる。

「ニュースは見たか」

勇次の問いかけに、水割りを作るしん子の手が止った。細かく震えている。みるみる両目に涙が溢《あふ》れてきた。声を上げて泣き、勇次に身体を預けてきた。

突然の泣き声に、他の客が怪訝《けげん》そうに振り向いた。勇次は視線を無視して、しん子の背中を撫《な》でた。

「ごめんなさい」

しん子は顔を上げ、ハンカチで涙を拭《ぬぐ》った。化粧が落ち、目が赤い。しかし顔つきはしっかりしていた。十分泣いたに違いない。もう大丈夫だろう。

「真理子はなぜ突然、店を閉めたんだ」

「理由はわからないけど、お金には困っていたと思う。店を改装した時の借金がなかなか返せないって、よくぼやいていたわ」

「ABC銀行から借りたのか」

「曽我部先生のご紹介で、ABC銀行から借りていたわ。取り立ては随分厳しかったみたい」

しん子は顔を曇らせた。

最近は銀行について碌《ろく》な話を聞かない。金は貸さずに、取り立て、回収ばかりだ。銀行ではなくて、ヤクザの仕事だ。

「曽我部はよく来ていたのか」

「勇次さんも知っての通り、昔からの馴染みでしょう。でも変わったわ、あの先生」

しん子は口を尖《とが》らせた。

「どう変わった？」

「店にいた女の子を秘書にしたのよ。その子が贅沢《ぜいたく》な子で、お金がかかるみたい。それに怪文書が出たりしてね」

「怪文書？」

「そう。銀座ホステスを秘書にするなんて、公費乱用だって……」

曽我部もバカな隙《すき》を見せたものだ。一昨日のテレビで見た強気の態度を思い浮かべた。人は誰でも権力に近くなれば、傲慢《ごうまん》と欲に囚《とら》われ、そこにつけこまれる。

「そりゃあ、公費乱用だな」

「まだ愛人なら、プライベートの感じがするでしょう。でも、その子が秘書でなくちゃ嫌だと言ったらしいの。まだ銀座をよく知らないトーシロだったから」

しん子は銀座で何年もしたたかに生きてきた誇りを見せた。

「真理子は怒っただろう」

曽我部と関係があった真理子にしてみれば、若い女に寝取られたわけだ。

「そりゃあ、かんかん。だけどそこは銀座の女よ。曽我部先生の前では、怒った顔を見せなかったわ」

しん子は寂しそうに笑った。

「女でみんな失敗する。しん子みたいな女と付き合えばいい」

勇次は微笑んだ。

「うれしい」

しん子は勇次の首に手を回した。

「『ひかり』が閉まったあと、黒柳という男が訪ねてきたらしい。知っているか」

「曽我部先生の秘書よ。集金担当で、よく店に後援者を連れて来ては、金の無心をしていたわ。わたしにも、ママの行き先を知らないかと訊きに来たわよ」

しん子は何かを思い出したように言った。

「ママとも喧嘩したことがあった。銀行とのことを頼んだのに、なにもやってくれないって、ママが怒って……」

「なにもやってくれない？」

「ABC銀行の取り立てを緩めてくれるよう、ママは黒柳に頼んでいたみたい」

真理子にしてみれば、融資を斡旋《あっせん》したのが曽我部の事務所なのだから、銀行の回収を緩和することも頼めるはずだと思っていたのだろう。

勇次は、しん子の話を聞きながら、昔の落ち着いた『ひかり』を思い出していた。真理子は若く、輝くような微笑を勇次に投げかけてきた。白い肌を胸元まで惜し気もなく晒《さら》し、勇次はまぶしくてまともに見ることができなかった。ここにいるしん子も子供のようにはしゃいでいた。あのころは時間がゆっくりと流れ、誰もが明日を信じていた気がする。

「変わってしまったな」

「本当に……変わったわ」

「ところで葬儀はどうするんだ？」

「ママの身寄りから、手伝ってくれと言われている。場所は勇次さんにも連絡するわ」

「頼む」

勇次は名刺を渡した。

「曽我部か……」

勇次は呟いた。

「何か言った？」

しん子が訊いた。

「長生きはしたくないって嘆いていたのさ」

「勇次さんは昔のままよ」

しん子が勇次の頰《ほお》にキスをした。

5

やはり誰かに相談しなくてはなるまい。三千万もの金を猫ババしたと思われたくない。勇次は藤堂に声をかけた。

『らんぶる』で藤堂を待った。カランと鈴の音がして目つきの悪い男が入ってきた。民間人になっても直らない。刑事の目つきは、もう藤堂の皮膚に張り付いていた。

「待たせたな」

藤堂は勇次の前に腰を下ろした。

「相談相手が藤堂さん以外に思いつかないのが寂しい」

勇次は皮肉っぽく笑った。

「俺も、お前以外に本音を話せる相手がいないのが寂しいよ」

藤堂も口元を歪《ゆが》めるようにして笑った。

「電話で言ったように、相談というのは殺された井上真理子から三千万も預かった件です」

「宝くじに当たったと思って、二人で使うか。死人に口なしだ」

「冗談はやめて下さい」

「俺もお前からの電話で、捜査本部に探りを入れてみた」

藤堂は身体を乗り出した。

「真理子は殺される数日前からホテルに宿泊し、誰かと連絡をとっていた。頻繁に出かけていたようだ。部屋の電話は使わなかったから、具体的には相手はわからない。何かに追われているようだったと言う者もいる」

「連絡先の一つが俺だった……」

「そういうことになる。おそらくお前が預かっている金をどうにかするつもりで、あちこちに連絡をとっていたのだろう」

「真理子は金に困っていた。ABC銀行から厳しい取り立てにあっていたらしい。銀行に連絡していたのかもしれない」

「銀行には連絡はない。ただ、借りた三千万円は必ず返すと言っていた。だから競売にかけないでくれと……」

「調べたのですか？」

「ああ、ABC銀行の銀座支店で聞いた」

藤堂は当然のように頷《うなず》いた。

「ここにある三千万は、ちょうど返済に見合う額ということですね。曽我部信也との絡《から》みは出てきていませんか。真理子の行方《ゆくえ》を秘書の黒柳が調べていたそうだが……」

「今のところは特に何も。お前が言ってたように、真理子が融資を受けられるように、ABC銀行に繋《つな》いだのは曽我部だ」

藤堂は催促するようにマスターの方をちらりと見た。

「コーヒーが遅いな」

「待てば旨《うま》いのが呑めます。もう少し我慢して下さい。曽我部はＡＢＣ銀行に強いのですね」

「曽我部は大蔵省上がりだから、銀行には顔がきく」

勇次は、テレビで見たＡＢＣ銀行の頭取の顔を思い出していた。

「ちょっとＡＢＣ銀行に行ってみるか。歩けばすぐだ」

藤堂が言った。

「そうですね」

勇次が答えた時、コーヒーが運ばれてきた。香りがたまらない。

「旨い」

藤堂が嬉しそうな笑顔を見せた。

「だから待てばいいと言ったでしょう」

勇次は微笑を浮かべた。

6

「融資がない!?」

勇次は驚いた声をあげ、隣に座っている藤堂と顔を見合せた。

「大きい声を出さないで下さいよ。わたしは言ってはいけないことをお話ししているのですから」

須田義男は慌てた様子で辺りを見渡し、小声で言った。

「すまない」

藤堂は顔の傷を触りながら言った。

藤堂と勇次は、真理子への融資について調べるために、ＡＢＣ銀行の銀座支店にやってきた。応対に出て来たのが『ひかり』への融資を担当した須田だ。須田は例によって他人の取引は話せないと木で鼻をくくったような態度だった。もちろん、真理子が何者かに殺されたことも耳に入っているから、余計に口が固い。

そんなことは百も承知だった。藤堂は強く出た。元警察官の本領を発揮して、若い須田をじろりと睨んだ。

「捜査に協力しないと、この支店から逮捕者を出すぞ」

須田の額《ひたい》に汗が浮かんだ。

「どうした。殺《や》ったのはお前か」

藤堂は何かあると直感して責め立てた。須田は顔を伏せた。

「すみません」

「何か知っているなら正直に言いなさい」

藤堂は少しトーンを落とした。

「苛《いじ》めちゃったんです」

須田は今にも泣きそうな顔をした。

「苛めた？」

勇次が訊き返した。

「返済が少し滞《とどこお》ったものですから。井上社長を呼び出して、きつく言ったのです。返せ、さもないと担保に取っている自宅を競売にするぞ、って」

「そりゃあ酷《ひど》い。長い取引だろう」

「そう言わないと、わたしが支店長から怒鳴られます」

須田は情けなさそうに勇次から視線を逸《そ》らした。身体がかすかに震えている。

「社長は青い顔になりました。今は客の入りがもうひとつだし、そんなときに内装をいじったものだから……と。返済を猶予《ゆうよ》してくれと頭を下げられました」

真理子が銀座の老舗ママの体面を捨てて頭を下げる様子を想像し、勇次は哀れになった。

「恨んでいるだろうな」

藤堂が思わせぶりに言った。須田の震えが激しくなった。

「最後通告したんです。一週間以内に完済しないと競売だって……」

「本当に酷い。残酷だ」

藤堂が暗く厳しい顔を須田に向けた。

「仕方ないんです。回収目標がありますから……。社長は怒って、曽我部代議士に頼んでみると言いました。そもそも社長の融資は、曽我部代議士の紹介だったものですから」

曽我部の名前を聞いて、勇次は、はっとした。視線で須田を促した。

「わたしはヤバイことになったと思いました。代議士からクレームが来ると、本店に叱られ、マイナスがつきますから。でも、こちらもそこで引き下がるわけにもいかないから、代議士でもなんでも呼んできたらいいでしょうと言い放ちました。社長はがっくりしていました」

勇次は銀行の無慈悲な貸し剝がしの様子を聞いて、無言で腕を組んだ。

「それから二、三日して、社長がやってきました。近く纏《まと》まったお金が入るから、耳を揃えて返すと……。顔色はあまりよくなかったですが」

「纏まった金か」

勇次は自分の部屋にしまいこんだ三千万円の固まりを思い浮かべた。

「そうしたら突然、失踪でしょう。安心させて夜逃げか、と腹が立ちました」

「三千万の借入れを残したまま、いなくなったんだな」

勇次は念を押した。

須田は奇妙に落ち着いた顔をして、軽く首を振り、勇次の言葉をやんわりと否定した。

「どういうことだ？」

勇次は須田を見つめながら、訊いた。

その勇次の問いに、須田は「融資がなくなった」と言ったのだ。

須田は急に小声になり、口元を緩めた。勇次たちが驚いたのが、嬉しかったようだ。秘密を知っているという優越感からだ。

「ちょっと奇妙なことがあったのです」

須田は周りを注意深く見渡しながら言った。勇次は藤堂と顔を見合わせた。この須田という男、先ほど震えていたのが嘘《うそ》みたいに、すっかり落ち着いている。

「実は、突然本部から償却の指示が来たんです。そして取引書類を企画部が調べに来ました」

須田はどうだ、と言わんばかりの顔をした。

「それが奇妙なことなのか」

勇次が訊くと、須田は、わざとらしくがっくりし、小馬鹿にしたような顔になった。

「貸出金の償却なんて、期末にやるものです。それに、企画部ではなく、融資部という不良債権担当の部署と、細々と手続きを踏んでからでないとできません。無税償却するとなると税金の問題もからんできますから、そう簡単ではないのです」

「本部からそんなに早く指示がくるのは異例なのか」

「異例も異例、債務者が殺された直後に貸出金償却なんて例はありません。それに企画部が帰った後で取引書類を見たら、取引経緯を書いた書類がなくなっていました」

「書類には何が書いてあったんだ？」

須田は得意げな顔になった。よくぞ訊いてくれたという顔つきだ。

「井上さんへの融資が曽我部事務所の紹介で始まったことが書いてありました。わたしは、ああそうかと思いましたよ」

「曽我部のことを匿《かく》したのか」

「そうです。曽我部信也代議士は大蔵省出身で、銀行、特に当行は会長行ですから、なにかとヤバイのです」

「会長行？」

勇次はわざと訊き返した。須田はますます馬鹿にしたような顔になった。

「何も知らないんだ。教えてくれよ」

勇次は下手《したて》に出た。藤堂がニヤニヤしている。

「会長行というのは、全部の銀行の取りまとめ役ですよ。ほら、金融再生プログラムが発表された時、武山大臣に代表して文句を言っていたでしょう。あの役割ですよ」

勇次はテレビで見た武山金融担当大臣に対する銀行首脳達の抗議の様子を思い出した。あの時、鼻の穴を大きく膨らませて、ひときわ大きく叫んでいたのが、ＡＢＣ銀行の頭取だった。

「なぜ、曽我部の紹介という事実を全て消し去ったのだろう？」

藤堂が訊いた。須田は考える顔をして、

「井上社長と曽我部事務所との関係が明るみに出ると、何かヤバイことがある……ということでしょうかね。企画部が動くのも妙ですが」

「ヤバイことか……。企画部が動くというのには、何か理由が考えられるか」

勇次は訊いた。

「企画部は財務省や金融庁と政治家の担当です。井上さんが殺された背後にそういった連中が関係しているということになりますね。さっき言った会長行絡みということですかね」

「なにか思いついたら、連絡してくれ。君も寝覚めが悪いだろう。自分が苛めた結果、彼女が殺されたとしたらね。罪滅《ほろ》ぼしと思って協力してくれよ」

勇次は須田を睨んで言った。

「わかりました」

須田は怯《おび》えたように言った。真理子の亡霊がちらついているのかもしれない。

「久し振りに曽我部を訪ねるか」

銀座の通りに出て、勇次は呟いた。

最近の金融不安では、曽我部は大蔵省キャリアの経歴を生かして、論陣を張っていた。しかし知り合いのジャーナリストに聞くと、金に汚いと評判は今ひとつらしい。

「人は変わる……か」

勇次は小さく呟いた。

「ねえ、藤堂さん。あのファックスを曽我部のところに送ってやったらどうなりますかね」

「あのファックスって、『らんぶる』で待つというやつかい？」

「真理子は俺の事務所に送ってきましたが、本当は曽我部のところに送るものだった。あのファックスを送って、真理子の代わりに俺達が待ってやればいい」

「おもしろい。何が出てくるか、見物《みもの》だな」

藤堂は久し振りに血が騒ぐといった顔になった。

7

待った。勇次と藤堂は、『らんぶる』で誰が現れるか待った。勇次の事務所から曽我部事務所に真理子のファックスを送った。そして、「井上真理子について伺いたいことがある」と書き添えた。

しかし、誰も来ない。

「どうしたんだ。なんの反応もなしか」

藤堂がくたびれた声を上げた。煙草が吸えないのも辛《つら》いようだ。

「今日のところは終わりにするか。次はこっちから曽我部を訪ねてみようぜ」

藤堂と連れ立って、勇次は外に出た。もう薄暗い。ネオンが目立ち始めた。銀座はこのところ人通りが少ない。不況の影響で街に翳《かげ》りが見えている。真理子が金策に追われたのも、この翳りのせいだ。

「ちょっと一杯、と行きたいが、今日は帰る。また所轄から情報をとってくるよ」

藤堂は背中を丸めて言った。

「お願いします。俺はあの金を何とかしなくちゃならない」

「所轄に話しておくから、お前から届けろよ」

「嫌ですよ。藤堂さんが一緒に行ってくれないと、俺が犯人にされちまう」

「お前らしくもない。弱気だな。わかった。明日にでも一緒に行こう」

藤堂はニヤリと笑った。

勇次は、お願いしますと頭をさげた。

藤堂と別れて事務所に戻った。ドアノブに手をかけ、鍵を差し入れる。抵抗がない。勇次はざわりと気持ちが揺れた。鍵をかけ忘れた？　そんなことはないはずだが……。

警戒しつつ、ドアを引いた。足を中に滑らせる。暗い。ブラインド越しにネオンが気まぐれに光っている。身体を半分、中に入れる。手を伸ばして、部屋の明かりをつける。

「ちきしょう。誰かが入りやがった」

勇次は書類棚が乱雑に引き出されているのを見て、舌を鳴らした。

突然、後頭部に激しい痛みが走った。身体を反転させる。黒い目出し帽とサングラスをした男が警棒を持って立っていた。

「なんだ、お前は」

勇次は叫んで、男に飛びかかった。男は不意をつかれ、床に倒れた。男が勇次の首を絞め上げようとする。勇次は思い切り男の指を嚙《か》んだ。肉を引きちぎらんばかりに嚙んだ。男は悲鳴をあげた。頭が割れるほど痛い。くらくらする。男が倒れたまま、警棒を振り上げるのが見える。遠い景色のようだ。男の指を嚙んだ歯から、力が抜けていく。目が塞《ふさ》がれていく。頭が割れるような音がする。記憶が遠のく。

どれくらい時間がたったのだろうか。

腹を蹴られた。吐き気がする。みぞおちが大きくへこむ。

「気が付いたか」

誰かの声が聞こえる。

勇次は、小さな唸《うな》り声を上げて、目を開けた。手は後ろで縛られているようだ。

「なにか俺に用か」

勇次は吐き気を押さえながら言った。まだ後頭部が痺《しび》れている。

「指なんか噛みやがって……」

男は指を押さえていた。指の間から血が滲《にじ》んでいる。

「金はどうした？」

「金？　何の金だ。この貧乏事務所に金なんかない」

「しらばっくれるな。お前が持っているのはわかっているんだ」

「金なんかない」

勇次は大きな声で叫んだ。またみぞおちに蹴りが入った。胃液が込み上げてきた。唾を吐いた。

「井上真理子から預かった金だ」

男はいらいらした調子で言った。

「井上真理子……。誰のことだ？」

「あれは俺達の金だ。お前が持っているのは知っている。どこにあるんだ」

「お前と真理子はどんな関係だ。真理子を殺したのはお前か」

「余計なことを訊くな。金はどこだ。命が惜しかったら、それだけ言え」

「お前は曽我部と関係があるのか」

勇次は声を張り上げた。

一瞬、男が身を引いた気がしたが、「うるさい」とまた蹴りが入った。今度こそ勇次の口から胃の中身が迸《ほとばし》り出た。

「勇次！」

ドアが音を立てて開いた。飛び込んできたのは藤堂だった。

男は慌てた。藤堂と睨み合った。

「逮捕するぞ」

藤堂が大声を上げた。男はびくりと身体を反らし、開け放たれたドアから外に飛び出した。

「待ちやがれ！」

藤堂が男の背広を摑んだ。男は警棒を振り回し、反撃してきた。藤堂は手を離した。男は物凄《ものすご》い速さで階段を駆け下りて、瞬《また》く間に姿が見えなくなった。

「ちきしょう。もう少し若ければな」

藤堂は勇次の縛られた手を解《ほど》いた。手首のところが赤くなっている。

「あいつ、真理子の金を狙ってきやがった」

「やはり、そうか」

藤堂は勇次の顔を見て頷いた。

「喫茶店に誰も来なかっただろう。だからなんとなく胸騒ぎがしてね。お前がヤバイんじゃないかと……」

「助かりました。藤堂さんが来てくれなかったら殺《や》られていた」

勇次は手首をさすりながら言った。

「あの男はどこの手の内だと思う？」

藤堂の問いに、勇次は少しの間沈黙した。

「曽我部の事務所にファックスを送った反応があれだ」

「しかし、そうするとあの金は曽我部の金なのか」

「ABC銀行の須田の話によると、真理子は金に相当困っていた。曽我部の金を盗んだのかもしれない」

「殺されてしまうような金を盗んでしまったのか」

電話が鳴った。勇次が受話器を取った。

「ABC銀行の須田です」

勇次をさえぎるように、須田が興奮した調子で続けた。

「企画部長が更迭されました」

「どういうことだ」

「井上社長の融資の痕跡を、企画部が消そうとしていたことはお話ししましたね。その企画部の部長が飛ばされたのです」

「理由はわかるか」

「詳しいことはわかりません。ですが、井上さんが殺されて以来、出社して来なくなったのです。とてもびくびくしていたみたいで……」

「その部長は『ひかり』にもよく行っていたのか」

勇次が訊いた。

「常連ですよ」

須田が言った。

勇次には何かが見え始めていた。

「何か噂は流れていないか」

須田は黙った。

「何かあるのか」

「ちょっと小耳にはさんだのですが、うちの銀行は会長行だと言いましたよね」

「銀行のまとめ役みたいなものだったな」

「そうです。それで各銀行から企画部長に武山大臣の金融再生プログラムをつぶせともの凄いプレッシャーがかかったそうです」

「会長行に嫌な役回りをさせるのだな」

「それで部長は曽我部代議士に相談したらしいのです」

「曽我部に？」

「ええ、曽我部代議士は銀行に理解がありますから」

「裏献金か？」

勇次はつぶやいた。

「えっ」

須田が驚いて声をあげた。

企画部長は武山大臣の金融再生プログラムをつぶす為に金を用意した。曽我部に対する裏献金だ。ところが、それは曽我部に渡らなかった。勇次の手元にある金が、その裏献金だからだ。真理子が何らかの方法で盗んだのだ……。

「裏献金って何ですか？」

須田が小声で訊いた。

「ありがとう。必ず真理子を成仏させてみせる」

勇次は須田の問いに何も答えず、受話器を置いた。

須田は電話を一方的に切られ憤慨しているに違いない。須田は好奇心の強い男だ。これ以上、関わらせるのは彼にとってもいいことではない。

「須田か？　何かわかったか」

電話が終るのを待っていた藤堂が訊いてきた。勇次は頷いた。

「企画部長が飛ばされた。真理子が殺されてから、怯えて銀行に出てこなくなっていたらしい」

「自分も殺されるかもしれないということか」

「その部長は曽我部に裏献金を届けようとして、その金を盗まれたに違いない」

勇次は藤堂の目を見た。

「それが、あの金か！」

突然、勇次はベッドの下にもぐりこんだ。

「なにをやっているんだ？」

「宝探し」

勇次は言った。ベッドの下から、固まりがごろりと出て来た。

「そんなところに隠していたのか。さぞ寝心地がよかっただろう」

藤堂は固まりを手に持って笑った。

「ベッドのマットの中に入れておいたのさ。もう待ってはいられない。この金を曽我部につきつけてやりましょう」

勇次の言葉に、藤堂が頷いた。

真理子。もうすぐかたをつけてやるからな。

勇次は、『らんぶる』で最後に見た真理子の憔悴《しょうすい》した姿を思い返していた。

8

大手金融グループの一角を占めるリソウ・グループが突然、公的資金の再注入を申請し、実質国有化されるという衝撃的なニュースが報じられた。

税効果会計を活用した繰延税金資産が、自己資本に過大に計上されているとして、監査法人が決算の修正を迫った。その結果、リソウ・グループは自己資本不足に陥ることになり、急遽《きゅうきょ》、公的資金の再注入を申請することを決定したのだった。

武山金融担当大臣にしてみれば、三月危機は無事乗り切ったと思っていたのに、こんな事態になって慌てているはずだった。しかし本音は、かねてから主張していた通りの事態になって嬉しくて仕方がないようにも見える。今まで与党幹部からバカ学者呼ばわりされて、ブラウン管にも元気のない姿が映っていたが、急に活気づき始めた。

曽我部のスケジュールを事務所で確認すると、今夜はテレビの深夜番組に出演することになっていた。

毎回、何人かのゲストを呼んで、テーマに従って生放送で朝まで討論をさせる番組だ。畳みかけるような激しい司会と、ゲストの口角沫《あわ》を飛ばす議論が売り物の人気番組である。曽我部はこの番組の常連でもあった。

勇次は藤堂と二人で、曽我部をテレビ局の控え室に訪ねることにした。テレビ局に入るのは難しいが、藤堂が警視庁に手を廻してくれた。

六本木にあるテレビ局に向かう。勇次の手には例の三千万がしっかりと抱えられていた。テレビ局に入り、スタジオを覗かせてもらった。スタジオに設置された観客用のスペースは人で溢《あふ》れていた。背広姿の男もいる。この金融不安に、ひとこと言いたい銀行員かもしれない。

出演者たちのなかでも曽我部はスターだった。武山大臣に文句を言い、その政策を変えられるだけの力を持っている。実際に彼が騒いだお蔭《かげ》で、武山大臣が主張した繰延税金資産の見直し案などは完全に先送りされてしまった。

繰延税金資産の見直しは、金融機関の自己資本比率に大きく影響する。ところが、先送りされたはずの繰延税金資産の見直しを適用することによって、リソウ・グループは国有化されることになった。銀行決算を控えて、監査法人の思わぬ抵抗に遭ったものだが、曽我部の今夜の発言は大いに注目されるところだった。

曽我部信也様控え室という案内が見えた。さすがに大物だけあって個室を与えられている。ドアをノックする。中から声が聞こえた。

勇次は迷わずにドアを開けた。藤堂も続いた。

「誰だ」

声があがった。中には二人の男がいた。そのうちの一人の男が叫んだのだ。屈強な体軀《たいく》をしている。

もう一人は曽我部だ。オールバックの髪型は変わらない。曽我部も勇次を見た。記憶を探ろうとしているように、目を細めた。ようやく気づいたのか、驚いた顔になった。口が半開きになっている。

「君は、確か……」

「懐かしいなあ。木下勇次だ」

「いったい何の用だ。忙しいんだ。番組がもうすぐ始まる」

曽我部は怒った顔を見せた。

「先生に何の用だ。勝手に部屋に入るな」

男は勇次に険しい顔を向けた。

「黒柳君、心配するな。わたしの昔の知り合いだ」

曽我部は落ち着いた調子で制した。

これが黒柳なのか。

男は軽く曽我部に頭を下げ、ゆっくりと勇次に近づいてきた。

「帰ってくれませんか。用件なら、後でわたしが伺います」

黒柳は両手を上げて、勇次と藤堂を追い返そうとした。その手には手袋をしていた。勇次は何も言わずに、手袋の上から思いきり握った。

「痛い！　何をする」

黒柳は悲鳴を上げ、顔を引きつらせた。

「何もしない。ちょっと見せろ」

勇次は黒柳の手首を捻《ひね》り、動きを止めると、もう片方の手で手袋をはぎ取った。

黒柳が顔を顰めた。剝《む》き出しになった人指し指に包帯が巻かれていた。

「この指はどうした？」

勇次は手首を捻り上げたまま、鋭い口調で訊いた。藤堂も睨んでいる。

「なんでもない。犬に噛まれたんだ。暴力を振るうと警察を呼ぶぞ」

黒柳は叫んだ。

「犬に噛まれた？」

勇次は皮肉な笑みを黒柳に投げて、その屈強な身体を突き放した。黒柳はソファに身体ごと倒れこんだ。

「君、手荒なことはするな。突然に入ってきて暴力を振るうのか」

曽我部が緊張した顔で叫んだ。

「黒柳とやらが俺の事務所から盗み出そうとしていたのは、これだろう」

勇次は紙袋から包みをとりだしてテーブルの上に投げた。包みは音を立てて転がった。

「なんだ、これは？」

「真理子から預かったものだ。それが欲しかったんじゃないのか。お蔭で、その黒柳にしたたか殴られた。まだくらくらする」

勇次は首筋を撫でた。黒柳は曽我部の方を見ないようにして言った。

「なんのことだ。俺は知らない」

「しらばっくれるな。その指を噛んだ犬が、こうして乗り込んで来るとは思わなかっただろう。こっちも必死だったからな。その身体つき、殴られてもちゃんと覚えている」

勇次が睨むと、黒柳は包帯を巻いた指を隠そうとした。

「真理子のものが、なぜ君のところにあるんだ？」

曽我部が訊いた。

「真理子が殺される前に俺に預けに来たのさ。俺にこの金を預けた直後に、ホテルで殺された。殺したのは、黒柳、貴様だな」

勇次は言った。

「まさか……」

曽我部は目を剝いて黒柳を見つめた。黒柳は恐ろしいほどの怒りに満ちた顔を、勇次に向けていた。

「いい加減なことを言うな」

黒柳は絞りだすように唸った。

「俺は、警視庁に犯人不詳で被害届を出した。犯人の指には俺の歯型がついている。逮捕したら、歯型で検証してくれるように言ってある。黒柳、その指の傷は俺の歯型と一致するはずだ」

勇次は言い放った。ブラフだった。

「この野郎！」

黒柳が勇次に飛びかかった。即座に藤堂が身体を間に入れて、黒柳の腕を締め上げた。老いたりとはいえ、柔道と合気道の有段者だ。たちまち黒柳は捻り倒された。

「所轄に連絡するように言ってくれ」

藤堂は言った。藤堂の下には苦しそうに顔を歪《ゆが》めた黒柳がいた。曽我部は何が起きたかわからないのか、啞然《あぜん》とした顔を勇次に向けた。

「何があった？　真理子を殺したのが黒柳だなんて……」

「とぼけるな。気づいていたはずだ。この金はＡＢＣ銀行から出たものだな」

勇次は須田からの情報を思い出して、曽我部を問い詰めた。

「お前は銀行から賄賂《わいろ》を受け取り、金融担当大臣に厳しい発言を繰り返した。その結果、大臣は金融再生プログラムを一時的に引っ込めた。ところが、その金をどういうわけか、真理子が盗んだ。それを取り戻そうとして、真理子を殺害した。そうだな」

勇次は曽我部を睨みつけた。

「久しぶりに会ったというのに、何を言うのかと思ったら、大そうな寝言じゃないか。わたしは忙しい。帰ってくれ」

曽我部は言い放ち、勇次から視線を逸らした。

「この黒柳を締め上げれば、何もかも明らかになる。それでもいいのか」

藤堂が、黒柳の腕を捻る。黒柳が、うめき声をあげた。

「黒柳が何をしたか、わたしは本当に知らない。関係は無い」

「お前、真理子が死んだのだ。お前と真理子が無関係だったなどとは言わせない。それでも何も知らないと言い張るのか」

「今は忙しい。大事なテレビ出演がある。もう一度言う。帰ってくれ」

「若いころの理想を忘れてしまったのか。自分でやったことには責任をとれ」

勇次は、諭すように言い、曽我部の目を見つめた。

「理想？　理想ならある」

曽我部は、一瞬、疲れたような目で遠くを見た。

「曽我部、これを覚えているか」

勇次は、背広のポケットに手を入れ、拳を握り締めたまま、曽我部の目の前に突き出した。曽我部は怪訝な顔で握り締められた拳を見た。

指が開く。手の平には、小さな金属片があった。

「これは……」

曽我部が激しく動揺した。顔が歪み、先ほどまでの突っ張った表情が、瞬く間に崩れた。曽我部は金属片を指先に摘み、自分の手の平に載せた。撫でながら、じっと見つめた。

「親父の歯車だ」

曽我部が呟いた。

「そうだ。昔、お前からもらったものだ」

「良くこんなものを……」

曽我部が驚いた顔を勇次に向けた。

「俺は、お前が活躍する度にその歯車を見ていた。お前は、その歯車を真正面から見ることができるか」

勇次は激しく言い放った。

曽我部は、やつれた顔になり皺《しわ》が深くなった。ふいに視線を外した。

「真理子はなにかとわたしに相談を持ちかけてきた。真理子とは関係が長いから、相談を持ち込まれるのは仕方がない。ＡＢＣ銀行から貸し剝がしに遭って困っているという相談だった。融資を受ける時にＡＢＣ銀行を紹介したのはわたしだった。真理子は相当苦労していたようだ。一向に銀行の態度が変わらないので、業を煮やしていた」

曽我部は苦しそうな顔を勇次に向けた。

「なぜ金が真理子に渡った？」

「真理子の店を金の受け渡し場所に使っていた。客の手荷物を預かるふりをして、金の受け渡しをする。クラブ側と気心が知れていないと出来ないことだ」

クラブでは客の荷物を預かる。帰る時に返却するのだが、『ひかり』ではＡＢＣ銀行の客から預かった荷物を、曽我部の荷物のようにして返却していたのだ。その中に金を入れておけば、両者が接触しなくても金の受け渡しが出来る。金の入った荷物を預けたのが、飛ばされたという企画部の部長だったのだろう。

「真理子は、わたしが銀行に何も働きかけないので、追い詰められていった。その頃、わたしに新しい女が出来たことが、火に油を注いだ。ある日、彼女はＡＢＣ銀行の荷物を持ち逃げして、店を閉めてしまった。荷物の中身は、もちろん金だ」

「それで殺したのか？」

「真理子が死んだと聞いた時、まさかと思ったが……黒柳が殺したとは……」

曽我部は黒柳の顔を見た。藤堂に抑えこまれた黒柳は、苦しそうな顔を曽我部に向けた。藤堂が再び力を入れると身体の力が、がくりと抜けたようになった。

「お前が指示をしたのか？」

「真理子はわたしを脅迫してきた。銀行から賄賂を受け取ったことを、世間に暴露すると言ってきた。金は仲間に預けてあるとも言っていた。勇次さん、仲間というのは君だったのか」

曽我部は訊いた。

真理子は勇次を曽我部に対する隠し玉に使おうとしていたのだ。総会屋という勇次の仕事は、それに相応《ふさわ》しい。

「仲間じゃない。真理子には世話になった。それだけだ」

勇次は冷めた調子で答えた。

「わたしは、馬鹿なことをするなと真理子を説得して、金を取り戻すように黒柳に命じた」

曽我部は黒柳を睨みつけた。

「本当に真理子を殺したのか。何か言え！　違うと言えないのか！」

「すみません」

黒柳はぽつりと呟いた。

「ママに呼び出されて、渋谷のホテルに行きました。激しい罵《のの》り合いになり、揉《も》み合っているうちに、ママがハンドバッグからナイフを取り出しました。それをわたしに向けたものですから、奪おうとした弾みで……。気がつくとママを刺していました」

黒柳は何度も頭を下げ、声を上げて泣き出した。

「武山をなんとかしてくれと、銀行は慌ててわたしに相談に来た。その三千万を持って……。バカな奴らだ。武山みたいな学者大臣に実行力などあるわけがない。あんなバカな大臣がいるおかげで、わたしたちの出番があるのだ。わたしは銀行の意向に添った発言をくりかえした。リソウ・グループがあんなことになって、結局は流れを変えることはできなかったが……」

曽我部は、よろよろと倒れるように床に膝をついた。深く項垂《うなだ》れ、握り締めた拳をじっと見つめている。その拳の中で歯車の鋭い歯が彼の手の平を突き刺しているはずだ。まるで心の痛みを自覚させるかのように。

曽我部は、手を開いた。顔を上げた。涙が滲《にじ》んでいる。手の平に載せた歯車を勇次に見せた。

「親父はいつもこの歯車を磨いていた。こんな小さなものに命をかけていた。頑固な男だった……」

曽我部は目を閉じた。勇次は哀しそうな笑みを曽我部に向けた。

「その歯車を見せられながら、お前の理想をいつも聞かされたものだ。あの頃のお前は輝いていた。俺はずっとお前の活躍を見ていた。しかし最近のお前は金に汚いという評判だった。悲しくなった」

曽我部は目を伏せた。

勇次は電話のところに歩み寄った。警察を呼ばなくてはならない。

曽我部は歯車を手の平に載せ、じっと見つめていた。

「親父にすまないなあ」

「もう一度、やり直せ。お前ならできる」

曽我部は立ち上がった。真剣な目つきに戻っていた。

「そろそろ行かないと放送が始まる。今日はわたしの政治信条を主張する大事な番組だ」

曽我部は勇次を見た。そして、黒柳に視線を投げた。

「黒柳、なぜなんだ」

「金を取り戻そうとして、つい……。金を奪われたのは俺の責任ですから」

「つい、では済まない。しかし、お前だけの責任にはしない」

曽我部は勇次と藤堂を見た。

「スタジオに行かせて欲しい。ＡＢＣ銀行との金のやり取りのことなど、事件については後でまた詳しく話す」

勇次は藤堂と視線を交わした。

「わかった。ここに戻って来い。必ず」

勇次は曽我部を見据えた。

曽我部は静かに頷き、歯車を背広のポケットに入れた。

「先生、本番が始まります。スタンバイして下さい」

ＡＤがドアを開け、緊張した顔を覗かせた。

「すぐ行く」

曽我部は快活に言った。ＡＤは部屋の中に人相の悪い男がいるのを見て、首をすくめた。

「お客さん……ですか」

「ああ」

曽我部が微笑した。

「急いで下さい」

曽我部はＡＤに連れ去られるように控え室を出た。ドアの閉まる音が部屋に響いた。

勇次は受話器を取り上げ、所轄署の番号を押した。

曽我部は今ごろ大きな拍手に包まれ、スタジオのライトを浴びていることだろう。

右手を高く上げ、満員のスタジオに笑みを投げかける。司会者が彼の紹介をする。歓声と拍手の波。彼の顔は段々と紅潮する。気鋭の政治家。金融改革の星。彼の頭上にまぶしいほどの賛辞がふりそそがれる。

曽我部はポケットに入れた父親の歯車を、しっかりと握り締めていることだろう。勇次の脳裡《のうり》に、昔のように激しく未来を語る曽我部の顔が浮かんできた。

家業再興

1

銀座八丁目の博品館近くに勇次行きつけの鮨屋嘉文《かぶん》がある。この店の社長は築地市場の仲卸で、大物と通称されるマグロ専門店を経営している。だからだろうか、値段はそう高くないのにネタが極上だった。

勇次は藤堂《とうどう》三郎と嘉文で呑《の》んでいた。

「ここはいつ来ても旨《うま》いねぇ」

藤堂が冷酒のグラスを空けながら、満足そうな笑みを浮かべた。

「社長が、築地の仲卸ですからね」

勇次が自慢気に言った。

「勇次さん、いつもどうも。藤堂さんもご一緒で……」

栃原《とちはら》稔が声を掛けてきた。嘉文の社長だ。毎日、市場で魚と格闘しているだけにボディビルダーのようにがっしりした身体をしている。顔つきは穏やかで、目が優しい。

「こいつに嘉文に行こうと言われると、もう居ても立ってもいられなくなって、飛んでくるわけ」

藤堂が笑って言った。

「社長、いつも旨いですね。うれしいですよ」

と勇次は礼を言いつつ、栃原の顔を見て、

「ところで浮かない顔をしていますね」

「そうなのですよ。勇次さんに相談しようと思って待っていました」

栃原は、勇次の傍に座った。

「相談ってなんですか」

勇次は栃原の顔を見ながら、彼のグラスにビールを注いだ。

栃原は一気にビールを呑み干し、グラスを空にすると、

「藤川七男さんを覚えているでしょう」

栃原は勇次の顔を探るように見た。

「覚えています。世話になりました」

勇次は、即答した。

「だれだい？　その七男っていうのは？」

藤堂が、話題に入りたそうに訊《き》いてきた。

「一代でマグロ仲卸のトップになった鮪屋七兵衛《まぐろやしちべえ》商会の社長だった人で、築地の立志伝中の人物です。若い頃、よく銀座で呑ませてもらいました」

「銀座で呑ませてもらうとは、いい時代だったんだな」

藤堂が嬉しそうに言って、中トロを摘《つま》んだ。

「わたしは七兵衛商会の幹部でしたからね」

「社長は七男さんのところにいたのですか？」

「ええ、自衛隊を辞めて、ぶらぶらしていたら声をかけられましてね。七男さんとは遠い親戚にあたるものですから。そこで相談というのはその鮪屋七兵衛商会のことなのです」

栃原は、目を曇らせて言った。

「話して下さい」

勇次は促した。

「七男さんが築いた鮪屋七兵衛商会がピンチらしいのです。それも相当に」

「あんなに立派にやっていたのに、それは本当ですか？」

勇次は驚いて訊いた。

「ええ、その原因はわたしにもあるのです」

栃原は目を伏せ気味にした。

「鮪屋七兵衛商会の経営悪化に社長が関係しているのですか？」

勇次の質問に直接答えず、栃原は話しだした。

「七男さんが亡くなってからも、わたしや古手の社員は、静江奥さんを社長にして頑張っていました。しかしいったん七男さんという要《かなめ》を失った会社は、徐々にバラバラになりつつあったのです。それまでは七男さんの重石があったので、独立しようなどと考えもしなかったのですが、亡くなってしまうとそういうわけにはいきません。奥さんでは会社のことは無理でしたから、わたしもチャンスを見て、独立しようと考えていました。そんなところへ息子の良一さんが社長に就任して、経営をやり始めたのです。良一さんは築地流のいわゆる情実経営よりも近代的な経営を理想にしていた。それで色々な場面でわたしたち古手の社員と衝突しました。きっとわたしなどは販売先と癒着してリベートを取っているとでも疑われたに違いない。良一さんとはギクシャクしましてね、それで喧嘩するように、わたしは数人の部下を引き連れて鮪屋七兵衛商会を飛び出しました。一緒について来てくれた連中には、本当に感謝しています。何もなかったですから。しかし正直言って、わたしはお取引先が『栃原、お前と取引をする』と言われる度に心苦しい思いをしました。それは鮪屋七兵衛商会の客を取ることになるからです。そうはいうものの部下を食わせねばなりません。わたしは以前取引をしていたお取引先を、徐々に自分の取引先にしてなんとか営業基盤を作り上げました。わたしが辞めると、次々と後に続いて古手の社員が鮪屋七兵衛商会を辞めて行きました。築地はいつもこうやって新しい会社が出来て、いい意味で言うと活気づいていたのです。ところが一挙にわたしたち古手の社員に出ていかれた鮪屋七兵衛商会は大変です。売上が急減していったのです……」

栃原は、自分でグラスにビールを注いだ。そしてカウンター内の職人に向かって、

「ウニのいいのがあっただろう。それと海苔を出してくれ」

「ウニに海苔！　こりゃ旨そうだ」

藤堂は、嬉《うれ》しさに顔を完全に崩した。

「旨いですよ。北海道の馬糞ウニの上等です。海苔で巻いて食べて下さい」

栃原は藤堂の喜びようを見て、笑みを浮かべた。

「高いんだろう」

藤堂が心配そうに訊いた。

「ご心配なく」

栃原が言った。

「ご心配なくですって」と勇次は藤堂に微笑《ほほえ》みかけた。そして栃原に向き直り、話の続きを促した。

「そりゃいくら鮪屋七兵衛商会でもわたし達、古手の社員が、取引先ごと、ごっそり抜けたらたまったものじゃありません。あっと言う間に売上が百億円近くも減少してしまいました。それからなんとか凌《しの》いでいたようなのですが、最近の景気低迷で、メインバンクの支援も得られないとか、悪い噂が入って来るのです。それでなんとかしてやれないものかと、この間、思い切って良一さんに声をかけました。声をかけたのは、鮪屋七兵衛商会を飛び出して以来ですから、七年振りくらいになります。良一さんは暗い顔で、まともにわたしの顔なぞ見ませんでしたが、それでもなんとか話をしようということになりました。それで……」

栃原は勇次の顔を覗きこむと、

「その場に立ち会って欲しいのです。修羅場に強い勇次さんに立ち会って貰《もら》えれば、いろいろ思い切って話ができる。お願いというのは、そのことです」

と言って、カウンターに頭を擦り付けた。

「立会人？」

勇次は訊き返した。

栃原は顔を上げ、

「実は、良一さんと和解もしたい。だけど彼はまだ怒りが収まってはいない。それで冷静な話をするためにも勇次さんのような第三者が必要なのです。お願いします」

と再び深く頭を下げた。

「こんな旨いウニをご馳走になったら、願い事を聞かないと、罰があたるよ」

藤堂が、隣から口を出した。

藤堂は黒光りする海苔を手に取った。船に盛られたウニをスプーンで掬《すく》い、海苔に載せた。くるりと巻き込むのだが、あまりに欲張りすぎたので、海苔からウニがとび出している。醬油《しょうゆ》をつけ、口に放り込む。目を閉じた。口はまだ動かさない。ウニが溶けだし、口中に香りが充満するのを楽しんでいるようだ。閉じた目尻が幸福そうに下がってきた。おもむろに口を動かし始めた。

「死んでもいいな。文句なく旨い」

藤堂が息も絶え絶えといった感じで呟いた。

「死んだら、喰えないですよ」

勇次は笑った。

「その通りだ。まだ死ねない」

藤堂が弾んだ声で言った。

「わかりました。社長の願いとあれば、聞かざるを得ません。立会人になりましょう」

勇次が言った。

栃原は顔をほころばせ、有り難いと、またカウンターに頭を擦り付けた。

2

「遅いですね」

栃原は不安そうに呟いた。テーブルに置かれた茶にも手をつけていない。どことなく落ち着かない様子だ。

「まだ約束の時間になっていないから、もうすぐ来るんじゃないですか」

勇次は言った。

築地にある小料理屋の二階で勇次と栃原は良一を待っていた。昼食を一緒にということで、十二時に待ち合わせをしたのだ。

「来ますかね」

「落ち着いて待ちましょう」

「なにせ、七年振りに思い切って声をかけたのですから」

「なぜそんなに長く関係を絶っていたのですか」

栃原は難しい顔をして、

「わたしも自分の仕事に必死でしたし、鮪屋七兵衛商会のお取引先を奪っているという罪悪感がありましたからね」

「相手の経営が悪くなればなるほど、声を掛け難くなったというわけですね」

勇次は頷きながら、茶を呑んだ。

襖《ふすま》が開いた。

すらりとした長身の男が立っていた。面長で端正な顔だ。栃原のような肉体労働者然としていない。また父親の七男とも余り似ていない。母親譲りなのかもしれない。

「おお、良一さん、待っていました」

栃原は、慌てて居住まいを正した。

良一は、ちらりと勇次に視線を送った。笑顔はない。

「こちらは木下勇次さん。うちのお客さんで、経営コンサルタントをされている方だ。どうも一人で会うのが気詰まりだったので、立会いをお願いしたんだ」

栃原は悪いことでもしたように言った。

「木下勇次と言います。あなたのお父さんの七男さんには、若い頃、随分お世話になりました」

勇次は、笑みを浮かべた。

良一の目が勇次に止まった。

「藤川良一です」

良一は勇次に向かって、立ったまま低頭した。

「失礼ですが、お父さんより随分二枚目ですね」

勇次は、感心したように言った。

「そうでしょう。良一さんは河岸では珍しい優男だ。そんなところに突っ立ってないで、上座に座って……」

栃原が、手招きをした。

「上座なんて、申し訳ない」

良一は、首を横に振った。

「そうは言わずに。良一さん。今日はわたしが席を設けたんだ。君は客で、わたしはホステスだからね」

栃原がおどけた調子で言った。強張《こわば》った笑いを浮かべている。

「それを言うなら、ホストですよ」

勇次が笑って、半畳を入れた。

「それじゃあ」

良一は、大儀そうに上座に座った。笑顔はない。

仲居が松花堂弁当を運んで来た。

「何か、お飲み物は？」

「ビールでも呑むかい？」

栃原が良一に訊いた。

「いいです。お茶で結構です」

良一が言った。

「勇次さんは？」

栃原が訊いた。

「わたしもお茶でいいですよ」

勇次が答えた。

「昼間のビールが旨いのになぁ」

栃原がため息をついた。

「栃原さんはどうぞ呑んで下さい」

勇次が微笑した。

「お二人が呑まないなら、わたしも我慢します」

栃原が残念そうに肩を落として、

「すみませんね。お茶でいいよ」

仲居に言った。

「わかりました」

仲居は部屋を出た。

「良一さん、ご無沙汰しております」

栃原があらためて頭を丁寧に下げた。

「こちらこそ。栃原さんが、うちの会社を出ていかれてから、会っていませんから、七年にもなりますね」

良一も頭を下げた。

「そうか。七年にもなるか」

栃原は、わざとらしい笑顔を作っていた。

「その間、うちは大変でした」

良一が、暗い声で呟いた。

栃原は何も言えずに黙っていた。

「今日は、何かいい話でもあるのですか。それともわたしの困った顔をじっくりと見てやろうという趣旨ですか」

良一が棘《とげ》のある言い方をした。

「そんなに悪くとらないでもらいたい。実は鮪屋七兵衛商会のいい噂を聞かないから心配している」

「なにを今更、心配するのですか」

良一は初めて栃原を正面から見据えた。

「心配って……」

栃原は良一の視線の強さに戸惑い、言葉を詰まらせた。

3

「栃原さん、あなたは独立資金を稼ぐためにマグロの横流しをしていたんじゃないか。わたしや母が何も知らないと思って、あなた方幹部は、やりたい放題だった」

言いたいことを言ってくれと、栃原が水を向けると、良一は激しい口調で責め始めた。

容赦ない言葉が飛び出してくる。

「そんなことをわたしがするわけがない。十代の頃からお世話になっているんだ。後ろ足で砂をかけるような真似はしない」

じっと我慢して聞いていた栃原もさすがに腹がたったのか、顔を赤らめて良一にくってかかった。しかし良一は怯《ひる》まない。

「あなたが客を横取りして出ていってから、ずっと経営は苦しい。よくここまで保《も》っていると思うくらいだ。みんなあなたのせいだ。あなたが、会社をぼろぼろにしたんだ」

「ぼろぼろにしたのは、良一さん、あなたの方だ。あなたは大学で経営学だか何かを学んできた。それでわたし達、たたき上げを馬鹿にした。あなたはわたし達が何を言っても聞き入れてくれなかった。聞き入れないばかりか、不正でもやっているのではないかという疑いの目を向けていた。あなたのそんな態度が、わたし達、古参社員を外に追い出してしまったんだ。オヤジさんと一緒に培《つちか》ってきた会社の雰囲気があなたのせいで最悪になってしまった」

「あなたみたいな人間をオヤジが評価していたなんて、わたしは信じられない。オヤジは馬鹿だ」

「いくら息子でも七男のオヤジさんを馬鹿呼ばわりするのは許せない。失礼だが、わたしとオヤジさんとの関係は、良一さん、あなたなんかに分かるものか」

栃原は拳に力を込め、テーブルに押し付けた。片膝を立て、今にも飛びかからんばかりの姿勢だ。

「今の、鮪屋七兵衛商会の悪評は、オヤジさんの名前を汚すようで、本当に心配だ。天国でオヤジさんが嘆いていることだろう」

良一は、胸を反らし、見下ろすように栃原を睨みつけ、

「よくもぬけぬけと心配だなんて言えるものだ。あなたにだけは心配などして欲しくない」

突然、栃原の右手が動き、空を切った。乾いた音。良一が、左の頬を手で押さえ、栃原に憎しみの満ちた視線を送る。栃原は右手を見つめ、力が抜けたように、尻を落とした。

「失礼します」

良一は立ち上がった。まだ頬を押さえたままだ。

「ちょっと待った」

勇次が、声を上げた。

「良一さん、待って下さい。二人とも久し振りに会ったのに、このいがみ合いはなんですか。七男さんが見たら、心底嘆かれますよ」

「わたしは失礼します」

「待ちなさい」

勇次は良一の背広の裾を摑み、

「栃原さんが、あなたとの和解を望み、この場を設けたのです。その心に嘘はありません。それ

なのにあなたの態度。その冷たい顔。確かに言いたい事は山ほどあるでしょう。しかし栃原さんは、あなたのお父さんと苦楽を共にした人です。あなたにはその人に対する尊敬の気持ちも何もありません。それではいけない。今、帰ったらお終いです。あなたは絶対にお父さんを超える経営者にはなれません。栃原さんと正面から話し合うのです」

「木下さん、あなたにわたしの気持ちを理解していただけるとは思えない」

良一は、勇次の手を振り払おうとする。勇次は、一層、しっかりと握りしめる。

「それはその通りでしょう。分かろうとして分かるものでもありません。あなたは、七男さんが亡くなって、社長にさせられ、どうやって経営していいか、誰を信用していいのか、迷ったことでしょう。苦労も大きかったに違いない。想像していた以上に、経営内容が厳しい。そんな会社に見切りをつけるように、次々と辞めていく社員。悔しい思いでいっぱいだったと同情いたします」

良一が目を閉じて聴いている。

「でもその苦労はここにいる栃原さんも同じなんじゃないですか」

良一が目を開けた。

「七男社長が元気であれば、栃原さんも辞めなかったでしょう。自分が大きくしたような会社をだれが辞めたいものですか。だけれど状況が大きく変わった。栃原さんにとっても、鮪屋七兵衛商会を飛び出すことは、後ろ髪を引かれる思いだったに違いありません。しかし自分の人生です。どういう選択をしようと、他人が責めるものじゃない。それに独立してからも決して平坦な道ではなかったはずです」

栃原が正座をし、膝を摑み、俯《うつむ》いている。

「ようやく栃原さんに過去を振り返る余裕が出来たとき、真っ先に心にしこりとして残っていたのが、あなたのことだ。あなたを面倒見ずに飛び出してしまったことが心に引っかかっていたのです。それを分かって上げてほしい」

「すまない、勇次さんにそこまで言わせて……」

栃原は、顔を上げずに呟いた。

良一はまた目を閉じた。勇次は握っていた背広の裾を手放した。良一は動かない。

「わたしは故郷を離れて東京にいます。故郷を捨てたようなものですが、いつまでも懐かしい。故郷はいつもわたしの支えのような存在であり続けて欲しい。そう純粋に願うものなのです。そういう意味で、栃原さんは鮪屋七兵衛商会を本当に心配しています。それを分かろうともせずに、逆撫ですることばかり言って。それではあなたの経営がうまくいくはずがない。七男さんはもっとおおらかだった」

勇次は、良一の腹に響くような声で言った。こういう時、株主総会で鍛えた喉が役に立つ。

「良一さん、今日の今日まで、あなたのお世話も出来ずに、また苦労の種を残したまま飛び出し、本当に申し訳ない」

栃原は、畳に手をつき、良一に頭を下げた。

良一は、顔に戸惑いを浮かべた。

栃原は顔を上げ、良一を見つめると、

「なあ、良一さん、わたしは七男さんに、そして鮪屋七兵衛商会に育ててもらった。勇次さんのいう通り、わたしにとっては故郷みたいなものだ。その故郷が大変だと聞いて、なんとか故郷の役に立ちたいと思った。それを故郷を悪くしたのは、お前だろうと言われると身も蓋《ふた》もない。なんとか役だたせてもらえないだろうか」

と落ち着いた口調で話した。

良一は黙っていた。歯を喰いしばっている。

「黙ってないでなにか言ったらどうですか？　栃原さんとは子供のころからの知り合いでしょう。親戚以上じゃないですか。その人が、こうして久し振りに訪ねて来たのです。それもあなたを心配して……。そして過去を素直に詫びている。心を凍らせちゃあいけません。でなきゃ他人の情けが染みこんでいかない。七男さんは、マグロは家業だ、と言うのが口癖だった。大きくて楽しい人だった。あんな風になって下さい」

勇次は諭すように言った。

「鮪屋七兵衛商会を出た連中が皆、心配している。確かに、良一さんからみれば、取引先を奪って独立した憎い奴らかもしれない。しかしそれが築地の習わしでもある。築地は、育てる親がいて、その親から子が独立することで栄えてきた。それが築地の活力だ。だが困ったときには、皆が応援する。その人情も築地の良さだ」

栃原は、涙を滲《にじ》ませた目を閉じた。

「こうして目を閉じると、あなたの幼い頃の姿が浮かんで来る。オヤジさんが、あなたの手を引いて市場に連れてきた。トチ、坊主に魚の名前を教えてやってくれと言われた。わたしはあなたの手をとって市場内をグルグルと回ったものだ。蛸《たこ》を触らせた時は、吸盤が手に吸いついて離れない。泣きだしてね。覚えているかい」

良一が小さく頷いた。

「お父さんは魚のことを何でも知っているの、とあなたは訊いた。わたしが、オヤジさんは世界一の魚博士だよ、と言ったら、あなたは目を輝かせた。本当に素直で可愛い子だった」

良一が肩を小刻みに震えさせている。歯を喰いしばり、目を固く閉じている。身体が崩れた。両手、両膝を畳についた。深く項垂れた。閉じられた目から、涙が落ちた。

「ありがとう……ございます」

勇次は、栃原の顔を見た。栃原は泣きながら、無理やり笑みを作っていた。

4

東京扶桑銀行築地駅前支店の応接室には多くの魚の絵が壁に飾られている。さすがに築地にある老舗支店だけのことはある。この支店で鮪屋七兵衛商会はほとんど全ての金融取引を行っていた。

勇次は良一が銀行に頼み事のために行くのに同行して、ここにいた。

課長の牧岡毅は、そわそわと落ち着きがなかった。支店長の川島健治が予定の時間になっても帰って来ないからだ。

「すみません。もう直ぐ戻って来ると思います。今日は、急に本店で会議があったものですから。予定はわかっていますので……」

牧岡は、黒縁眼鏡を指でつまんで持ち上げた。小さな目を瞬かせているのが、レンズ越しに見える。少し太めの体に丸い穏やかな顔。迫力はないが、客当たりは柔らかい。

「築地の市場についてちょっと教えてくれませんか」

勇次が牧岡に訊いた。

牧岡は嬉しそうな顔になった。

「築地は東京の胃袋といわれていまして、大正十二年に日本橋からここに移ってきました。今では一日約四千トン、約三十億円もの取引が行われています。ところで市場というのはどういう機能を持っているかご存じですか？　藤川社長には言わずもがなですが……」

「機能ですか？」

勇次はちらりと良一の顔を見た。良一は支店長に頼む事で頭が一杯になっているようだ。牧岡の話は耳に入っていない。

「市場というのは、生産者がそこへ生産物を持ち込めば、必ず金になる機能を持っています。築地市場は全国の生産地から魚などが運ばれてきます。それらはまず七社ある大卸と呼ばれる商社に持ち込まれて、直ぐに代金を決済しなくてはなりません。これは売れる、売れないにかかわらずです。この機能があるから生産者は安心して魚などを市場に送ることが出来るのです」

「仲卸というのは、どういう役割なの」

「仲卸というのは市場で取引することを許された専門業者ですね。大卸が仕入れた魚などを、鮨屋や魚屋、スーパーなどの小売業者に販売するわけです。大物と呼ばれるマグロ、鮮魚、蛸、塩干物など専門に細かく分れて、業者数は九百社ほどあります。多くは家族経営の小企業です。市場を通さない取引が増えたり、町の魚屋さんが減ったりしましたから経営は苦しいですね」

「権利があるんでしょう」

「鑑札と言って、東京都の許可証です。市場でしか通用しないもので、基本的には流通性がそれほど高くないのですが、バブルの時は一億円以上にも高騰しました」

「それを担保に貸しまくったんだ。違いますか？」

勇次が牧岡を鋭く見た。

「貸しまくった、だなんて……」

牧岡が困った顔をした。

「それを担保にしたわけですね」

「ええ、まあ」

バブル期、銀行はその鑑札を担保にして融資を膨らませたのだった。

「まさか一億円以上になったものが、今では一千万円程度まで暴落すると思わなかったものですから」

「バブルの頃は、七男社長に連れられて、よく銀座に呑みに行ったものです。七男社長は胴巻きに、万札を入れてね。長靴履きでしたよ。驚きました」

勇次は笑みを浮かべながら、ズボンのベルトのところに手を入れた。

「藤川七男社長は豪気な方だったようですね」

「伝説的な人でした。わたしと同じ新潟出身で、十五歳で築地にやってきた。マグロの仲卸に就職したのだけれど、すぐに頭角を現わしたらしい。体格も良かったし、笑顔も人懐っこくてね。とにかくよく働く人で、他の仲卸が遊んでいる時に魚の注文取りに走ったのが成功の秘訣だったと聞いています。当時、魚の注文を取るという消費者に目を向けた商売をやっているところはありませんでした。仕入れる先から売れるから、売ってやるという態度の仲卸が多かったのです」

「才覚が凄くあったのですね」

「一代で、築地最大の仲卸、鮪屋七兵衛商会を築いたくらいだから」

「父は市場には金が落ちているというのが口癖でした。従業員をよく銀座に連れていきました。

それは彼らに金の力を見せつけるためでした。中学しか出ていない父が、銀座の美人ホステスを自由にできるのは金があったからです。同じようにしたければ、金を稼げ、稼ぐ為にはもっと働け、という単純な理屈を身体で教えたのです。そのお蔭で従業員は猛烈に働きました。これが当社の成長の原動力になりました」

良一が口を挟《はさ》んできた。話題が父、七男の話になったからだ。

「リーダーシップの固まりみたいな人ですね」

牧岡が微笑みながら言った。

「幼い頃、父と食事をした思い出はありません。まるで築地市場に住んでいるような父でした。父と会うために、声をかけてもらうために、築地市場に遊びに行ったものでした」

良一は目を細めた。幼い頃のことを思い出しているのだろう。

「ところで先代の七男社長のことをご存じだったので、木下さんが、今日、ご一緒に来られることになったのですね」

牧岡が訊いた。

「ええ、七男社長には、昔、呑ませていただくばかりでなく、お世話になっていたものですから、良一社長から一緒に銀行へ行ってくれないかと頼まれまして……」

勇次は言った。

「お一人で来られてもよかったのですがね」

牧岡は、嫌味な薄笑いを浮かべた。

良一は追い詰められていたのだ。メインバンクの東京扶桑銀行が、二億円の借り入れ手形の書き換えに応じてくれないのだ。このままだと資金繰りがショートしてしまう。それればかりか例年融資してくれていたマグロの仕入れ資金一億五千万円を貸し渋っていた。

良一は支店長の川島をひどく恐れていた。相当厳しく叱責されたらしい。川島に睨《にら》まれるとなにも言えなくなってしまう自分が情けない、と言った。それを聞いた栃原が勇次に銀行交渉を任せたらどうかとアドバイスした。良一は、素直にお願いしますと頭を下げた。勇次は栃原と良一の関係が改善することに役立つならばとこれを引き受けることになった。

「それはおっしゃる通りなのですが、一人では埒《らち》が明かないほど、厳しく対応されたとかで、わたしに相談があったのです。ところで、課長にお訊きしますが、新規融資はともかくもなぜ借り入れ手形の書き換えにさえ応じてくれないのですか」

勇次は牧岡を見据えた。

牧岡は、勇次と眼を合わせないようにして、

「わたしの口からは、ちょっと……」

「支店長の指示だと言うのですか」

「ええ、まあ……」

牧岡は言葉を濁した。また黒縁眼鏡を指で摘んだ。なにかまずいことがあると、摘む癖があるようだ。

「お待たせしました」

小柄な男が、扇子をぱたぱたさせながら入ってきた。胸をせり出すようにして、横柄な印象だ。

「支店長！」

牧岡が、振り返って、叫んだ。

良一が牧岡の声を聞いた途端に、慌ててソファから腰を上げた。良一の顔は、あきらかに緊張

していた。

この男が、支店長の川島か。勇次は、ゆっくりと立ち上がりながら、男を見つめた。

「いやいや、申し訳ない」

川島は、軽く頭を下げた。ゴルフ焼けなのか、色黒の顔だ。眉間のところで繋がっているように見えるほど眉が濃い。

「どうぞ、どうぞ、お座りください」

川島は両手を大げさに広げ、勇次と良一にソファに座るよう勧めた。川島はさっさと座った。勇次と良一もそれを見て、腰をおろした。川島はソファに座るなり、扇子で顔を煽ぎ始めた。外から帰って来た直ぐには冷房の効いた室内に入っても身体の熱気が取れないのかもしれないが、勇次にはわざとやっているように見えた。顧客を前にして扇子で煽ぐなどという失礼な態度をとることが川島と良一との力関係の差を見せつけることになっているのだ。

「本店で急に会議がありましてね。テーマは増資ですよ。不良債権が処理しても処理しても増え続けていて銀行は火の車です。ですから増資して、なんとか一時凌《しの》ぎをしようと考えたのですな。なんでもお取引先から、資金を募る考えらしい。お宅にも頼むかもしれませんよ」

川島がぎょろりとした目を良一に向けた。隣で牧岡が、苦笑いともつかない曖昧な笑みを浮かべた。

「大変なのですね。申し遅れましたが、木下と申します。七男社長の時から、鮪屋七兵衛商会のことは存じております。今回、良一社長と一緒に支店長のご指導を仰ぎに参りました。よろしくご指導下さい」

勇次が名刺を出すと、川島も自分の名刺を出した。

「ほほう」と川島は勇次と名刺を交互に見て、

「経営コンサルタントをなさっているのですか」

「たいしたことはありませんが」

「木下さんのこと知っておりますよ。失礼とは思いましたが、面談のご依頼があった時に、調べさせてもらいました」

川島は、口元に薄く笑みを浮かべて勇次を見つめた。表情は穏やかだが、目は全く笑っていない。調べただと、のっけからインハイのビーンボールを投げつける奴だ。勇次は身構え、次の言葉を待った。隣の良一は、俯いたままだ。まともに川島の顔を見られないようだ。

「総会関係のお仕事が専門なのでは？」

川島が訊いてきた。

「総会関係の仕事？」

牧岡が、思わず口を挟んだ。川島は牧岡を一瞥《いちべつ》して、

「いわゆる総会屋さんだよ」

「えっ、総会屋」

牧岡は驚き、首を引いた。

良一が顔を上げた。勇次と目が合う。川島の言葉に、どう反応していいのか迷っている顔だ。

「昔の仕事です」

勇次が言った。目はきっちりと川島を捉えている。

「貸し渋りとか、なんとか言って総会を混乱させるつもりなのですか。それではなんのコンサルトにもなりませんよ」

川島が扇子をたたみながら、言った。

「そんな気は全くありません。支店長、わたしが元総会屋でなにか問題がありますでしょうか。わたしには否応なくついてくる肩書きなものでして……」

「問題があるとは言いません。敢えて言わせて頂ければ、銀行は警戒します。株主総会で問題にされたら、わたしの失点になりますから。しかしわたしは違います。あなたが鮪屋七兵衛商会へのわたくしどもの融資に関して、合理的に協議して下さるというなら問題ありません」

「そうですか。それなら話がやり易い。わたしが元総会屋というだけで、端から受け付けなかったり、怖がったりする人もいるものですから」

「そうでしょうな。でもコンサルタントとして相応しくないと申し上げたい」

川島は強く言い、良一を見て、

「どういう経緯でご依頼されたか知らないが、木下さんをコンサルタントにしていたら銀行は警戒し、交渉が暗礁に乗り上げる可能性がありますよ。それでも良いのですか」

良一は困惑した顔を勇次に見せた。

「支店長は、随分はっきりと物をおっしゃるかたですね」

勇次は半ば呆《あき》れ顔で、良一に目を遣り、

「支店長の言われることも一理ある。どうしますか」

と冷静に訊いた。

良一は、判断の全てが自分に預けられたことに、わずかに戸惑いの色を見せたが、直ぐに払拭して、

「木下さんにご相談できたらと思います。栃原社長からのご推薦でもあるのです」

「栃原社長の？」

川島が驚いた顔で牧岡を見て、

「本当か？」

牧岡が、ええ、と頷いた。

「なぜそれを報告しないのだ」

川島は牧岡を叱責した。

「報告しませんでしたか」

牧岡が、下から川島の顔を窺うように見た。

「聞いてなかった」

川島は不機嫌に答えた。

「栃原社長は、以前、うちの会社の幹部だったのですが、お辞めになってからはお会いしておりませんでした。過去にいろいろあったものですから。ところが先日、七年振りにお会いしました。そこでようやく永年のわだかまりが解け始め、新しい関係を築くことが出来ました。その立会いを木下さんが務めて下さいました。昔の父のこともよくご存じですし、わたしには、木下さんのような厳しくご指導していただける方が必要だと思っています」

良一は川島に淀《よど》みない口調で言った。さっぱりした顔をしている。川島に必要以上に怯えていたが、覚悟を決めたのだろう。川島から勇次の元総会屋という肩書きが問題になると指摘され、かえって反発心に火がついたのかもしれない。

川島は良一の真剣な顔を見つめ、

「分かりました。栃原社長のご推薦とあれば、了解せざるを得ないでしょう。あの方は当店の有力お取引先だし、築地市場の重鎮だ」

栃原は思いのほか影響力があった。

川島は、自分で言う通り合理主義者のようだ。勇次を排除することと、このままにしておくことのメリット、デメリットを瞬時に計算している。

「お許しを頂いて光栄です」

勇次は皮肉を込めて言った。

「こちらこそ。お手柔らかにお願いします」

川島は勇次を見据えながら、軽く低頭した。

手ごわい相手に違いない。勇次は気持ちを引き締めた。

5

「鮪屋七兵衛商会の当行における格付けは、現在、要注意先になんとか留めているものの、早晩、破綻懸念先になるでしょう。これでは手形は書き換えられない」

川島は厳しい顔で言った。

銀行は企業を正常先、要注意先、破綻懸念先、実質破綻先、破綻先に格付けして融資に対応する。正常先なら問題はないが、要注意先以下に落ちると、融資は難しい。

「格付け低下の理由は？」

勇次は訊いた。

「超低温冷凍庫兼加工工場、それに社宅だ。それらの資産価値が落ちている。計算すると実質債務超過だ」

「社宅は、仕方が無いとしても冷凍庫兼加工工場は事業用に使っているから、ゴーイング・コンサーン・ベースだと不算入になるはずですが」

ゴーイング・コンサーン・ベースとは企業の存続を前提として、その資産のうち事業に使用している工場などは、たとえ資産価値が下落していてもバランスシートを検証する際にマイナス分を影響させせないルールになっていることだ。

「よくご存じですね。木下さんのおっしゃる通りですが、最悪の事態を考え清算バランスでも検証いたします。借入金が百億円もありますから、再建は難しいと判断せざるをえません」

清算バランスとは、会社を清算したことを想定してバランスシートを検証することだが、ゴーイング・コンサーン・ベースより当然厳しい結果になる。

「皮肉なものですね」

良一が寂しげに言った。

「何が、ですか?」

川島が、小首を傾げた。

「支店長が問題にされた超低温冷凍庫兼加工工場は父の夢でした。マグロはマイナス六十度以下の超低温で冷凍すると、品質が安定して、長期保存が出来ます。超低温冷凍庫があると、いつでも消費者に美味しいマグロを届けることが可能になるのです。うちが持っているような超低温冷凍庫は大手水産会社しか持っていません。父は鮪屋七兵衛商会を大きく成長させるためにも、冷凍庫を作りたかったのです。そしてそれが今のうちの強みになり、なんとか、今まで商売が出来ているのです」

良一は悔しそうに口元を引き締めた。

「お父様がお亡くなりになられたのは？」

「十三年前の夏のことです。突然、市場で倒れまして……」

いつものように七男は市場で従業員に厳しく指示していた。市場内は、猛烈に暑い。魚など生ものを扱っているから、冷蔵庫のように夏でも寒いと思っている人も多いが、勘違いだ。あちこちに立てられた氷柱が瞬く間に溶け出し、水になって流れ出す。水蒸気と人の汗で、まるでサウナ状態だ。

七男は流れる汗をタオルで拭う。もうひとつ身体の芯《しん》がしっかりしない。重くだるい。

昨夜は遅くまで眠れなかった。業界の集まりで、酒を呑んだ後、自宅で超低温冷凍庫兼加工工場の構想を練っていたら頭がすっかり冴えてしまったのだ。土地は船橋に手当てした。資金は五十億円ほど必要だが、銀行の支援はなんとか得られそうだ。後はゴー・サインを出すだけだ。船橋は東京に近い。この冷凍庫兼加工工場は首都圏の消費者に旨い魚を届けるために、なくてはならないものになるはずだ。

若い従業員たちがマグロを二メートルもある長い包丁で解体している。切り口から鮮やかな赤い身が覗いている。うちのマグロは最高だ。うまくさばいてくれよ。あの仕事は、力ばかりでなく、テクニックも必要だ。もうこの年では無理だ。テクニックはあっても、マグロに力負けして、跳ね返されてしまう。

あいつ、寝不足なのか？　生あくびをしている。なんだか腰がふらついているぞ。あれなら俺の方が、まだマシだ。今時の若い者は……。ふっと笑みが浮かぶ。しっかりやれ、と声をかけようと従業員に向かって足を踏み出した。足がふらつく。もつれた。声を出そうと、口を開くが、声が出ない。胸が苦しい。太い鉄の棒で心臓をぐいぐい押されているようだ。身体が前のめりになる。倒れる。水浸しのコンクリートが眼前に近づく。手を突かなくては……。

　七男の身体がコンクリートの床に倒れる鈍い音が、従業員の眠気を吹き飛ばした時には、既に彼の魂はこの世を去っていた。

「あっけない最期でした。父は、わたしに好きに生きろ、自分の人生を歩けと常々言っておりました。ですから魚屋になることは考えていなかったのです」

「普通のサラリーマンか何かになろうと思われたのですか」

「ええ、銀行員もいいなと思っていましたよ」

　良一が微笑んだ。

「それはならなくてよかった。なっていたら、わたしと同じで嫌われることばかりだ」

　川島は笑った。

　良一は、川島の笑い声に気を許したのか明るい顔になり、

「先ほども言いましたが、冷凍庫兼加工工場が問題になるとは思っておりません。父の夢だったし、あれが当社の強みです」

　川島は冷静な顔に戻って、

「夢が仇になったというわけです」

「銀行が無理やり建設させたとも言えるでしょう」

　勇次が口を挟み、川島を見据えた。

「父が亡くなって母とわたしが建設を迷っているとき、当時の支店長が、お父様の夢を実現させなさいと言われたのを思い出します」

良一が言った。

七男社長が亡くなり、冷凍庫兼加工工場の建設計画をどうするか再検討した際に、当時の銀行が建設を強力に勧めたことは事実だった。当時はバブル最盛期であり、銀行はとにかく融資をしたくて仕方がなかったからだ。

「その当時のことを言っても仕方がありません。今は、今です」

川島は無表情に言い放った。

「冷たいものですね。融資の責任を感じてはいないのですか」

勇次が咎めた。

「当行が主体的に取り組んだ案件だから、今日まで支援してきたのです。時代が変わり、会社を判断するルールも変わりました。そのルールにわたしたち銀行は従わざるをえない」

川島は感情を表に出さない。申し訳ないという気持ちは微塵もないように見える。

「どうするつもりなのですか。鮪屋七兵衛商会を」

「いずれ近いうちにＲＣＣ（整理回収機構）に債権を売却しようと考えています」

川島は淡々と言った。

ＲＣＣというのは旧住専の債権を回収するために作られた住宅金融債権管理機構が発展したもので、不良債権の回収を専門にしている機構だ。

「えっ、本当ですか」

牧岡が、驚きの声を上げた。牧岡には相談していないようだ。

「ダウンサイド・リスクのある債権はＲＣＣに売却しろ、というのが当行の方針として明確にされました」

ダウンサイド・リスクというのは、鮪屋七兵衛商会のように、要注意先から破綻懸念先へというように格付け低下の危険性のことだ。

「ＲＣＣに売却されるとどうなってしまうのですか？」

勇次が訊いた。

「あそこは回収専門ですからね。回収交渉が始まるでしょう」

「そうなると仕事が続けられないではないですか」

「そうとは限りません。ＲＣＣとの話し合い次第です」

「銀行とは関係がなくなってしまうのですか」

「ＲＣＣに売却すれば、縁はなくなります」

「それはあなたの考えなのですか」

「本部の方針です。今日の会議で確認された。大幅な増資とともに、大幅な不良債権処理を行うことが、決められた」

「あなたの考えはどうなのですか」

勇次が、詰め寄った。

川島は、半笑いのような複雑な顔つきで、

「わたしの考え？　さあ、どうでしょうね」

「自分の考えも持たないのですか」

勇次がなじる。怒らせて、川島の本音を引き出したいと思った。

「自分の考えなど、この組織の中では不要です。あれば不満が募るだけで、息苦しくなる」

川島は感情のない目で勇次を見た。

「廃業ですね……」

「そうなるかもしれないし、ならないかもしれない」

「永年の取引を終わらせる考えなのですか」

「仕方がないですね。当行も経営が大変な状態だ。生き残りに必死です」

「銀行が生き残っても、取引している企業が死んでしまっては、元も子もないではないですか」

「そんな禅問答をしている余裕すらない。ひたすら生き残りに賭けるだけです」

川島は薄く笑った。

「鮪屋七兵衛商会は、利益を挙げています。売上百億円で二億の利益です。この不景気でも利益を出している数少ない仲卸の一つです」

「しかし計画は大幅未達です。返済は相当長期になる。当行では支えられない」

「なにか知恵はないのですか」

「今のところは……」

川島は頭を左右に振った。

「なんとかなりませんか。なんでもやります」

良一が突然、ソファから離れ、床に座り、川島に土下座した。

川島が困惑した顔で良一を見下ろした。

牧岡が立ち上がって、良一の側に駆け寄った。

「社長、土下座なんか止めてください」

牧岡は良一の身体を抱え、起こそうと力をいれた。良一は牧岡の腕を振り払い、

「わたしの代で家業を無くすわけにはいきません。父が作ったものを次の代に引き継がねばなり

ません。お願いします。力を貸してください」

良一の声は悲痛な響きを放った。

川島は無言だ。太い眉をぴくりとも動かさない。

「土下座なんかよしなさい。この支店長には通じそうもありません」

勇次が良一の背中に言葉をかけた。良一が勇次を振り返った。端正な顔が崩れ、必死の形相だ。良一の中にこんな激情が隠れていたことに衝撃を受けた。

「土下座する以外に何もできません。わたしは父の残した仕事を再興しなければなりません。そのためだったら、なんでもやります。全ては川島支店長の、ご判断にかかっているのです」

やはり七男の息子だ、と勇次は思った。

「支店長」

勇次は川島を見据え、

「鮪屋七兵衛商会は築地の名門です。確かに過剰債務で苦しんでいますが、栃原社長など応援団も多い。支援する考えはないでしょうか」

勇次は深く頭を下げた。

川島は、わずかに表情を変えた。濃い眉毛を寄せ、そこに扇子を当てた。二、三度叩く。

「ところで支店長、あなたはその冷凍庫兼加工工場を見たことがあるのですか」

勇次は川島に訊いた。

川島の顔に、戸惑いが浮かんだ。やはりそうだ。冷凍庫兼加工工場を見たことがないのだ。書類上だけで無用の長物のごとく判断しているのだ。

返事がない。

「問題の冷凍庫兼加工工場を見学したことがあるのですかと訊いています。七男社長の夢が詰まった冷凍庫兼加工工場を、です」

「見たことはありません」

川島が渋い顔で言った。

「過剰債務の原因となった冷凍庫兼加工工場を見もしないで、会社を見捨てるなどというのは、やはりエリートは違いますね。冷酷なものです。本当の血の通った銀行員ならば、ちゃんと現場を見て、それから判断するのじゃないのですか」

勇次は厳しく言い放った。

川島は扇子を額に当てたまま、じっと動かない。目を閉じている。

「わたしも行ったことがありません。支店長、一緒に行きましょう。行ってから判断して下さい」

勇次は、川島を見つめた。

「ぜひ来て下さい。父の夢を見て下さい。お願いします」

土下座したままの良一が頭を下げた。

「支店長、一度、お邪魔しませんか」

牧岡がおそるおそる言った。

川島は扇子を額から離し、良一を見て、

「分かりました。スケジュールを入れて下さい。それも直ぐに」

「ありがとうございます」

良一は弾んだ声で言った。

6

勇次は京葉線の南船橋駅に降りた。周りは何もない。だだっ広い荒涼とした駅だ。駅前に太い鉄の柱で組み立てられた滑り台のような物が見える。人の気配はない。閉鎖された施設のようだ。

「あれは？」

勇次は車で迎えに来てくれた鮪屋七兵衛商会の従業員に訊いた。従業員は仲田浩二と言った。二十九歳。笑顔がいい。

「あれですか」

仲田は車のドアを開けながら、

「ザウスですよ。閉鎖になりましたが……」

それはかつて若者たちの人気を集め、一世を風靡《ふうび》した人工スキー場だ。

「全く転用が利かないので野晒《のざら》しです。虚しいものですね」

「バブルの名残ですね」

勇次は、単なる鉄の固まりとなってしまった人工スキー場を眺めた。かつては若者たちの歓声がこの辺りを喧騒の渦に巻き込み、華やいだ空気に満ちていた。しかし今では野草の生い茂る野原に、巨大な骨組を晒しているだけだ。それは動物の骨と異なりいつまで経っても土に還ることはない。撤去されるまでの間、無残な晒しものとなる。人間の愚かさの象徴として……。

車が動き出した。

今から向かう冷凍庫兼加工工場もバブル期に建設された。それが時代の愚かさを示すモニュメントになるか、それとも未来への確かな礎《いしずえ》になるかは、川島の冷凍庫兼加工工場見学次第だ。彼が見学し、利用価値なしと判断すれば、それは廃墟となる可能性が高い。その逆になれば、鮪屋七兵衛商会の再興の切り札になる。

「仲田さんは、以前はどこかに勤めていたのですか」

勇次が訊いた。

「東京扶桑銀行に大学を卒業して直ぐに入りまして、二年前に退職しました」

仲田はハンドルを握り、前方を見つめたまま答えた。

「東京扶桑銀行にいたのですか」

勇次は驚いて訊き返した。

「ええ、早稲田を卒業して直ぐに入りました。最初は向島支店、その次は福岡支店です」

仲田は淡々と答えた。

「今日、来るのは東京扶桑の支店長ですよ」

「そうですか」

「でもなぜ辞めたのですか。すごい銀行じゃないですか。申し訳ないけれど鮪屋七兵衛商会とは相当に差があると思いますけど」

勇次は馬鹿な質問だと思ったが、問わずにはいられなかった。銀行のエリートが、なぜこんな中小企業に……。信じられない思いで仲田を見つめた。

「銀行の仕事はおもしろかったですよ。成績も挙げていましたしね。でもそれだけのような気がしたのです」

「と言いますと？」

「銀行には、丸ごと企業の面倒を見る、コンサルティングする、そんな仕事を期待していました。でも……」

「期待外れだったのですか？」

「毎日、投資信託の販売や新規開拓に追われていました。目標を達成する喜びはあったのですが、その目標って自分が作ったものじゃない。あてがいぶちでした。もっと自分の能力を全部、使いたかったのです」

「どうしてここへ入社したのですか」

「藤川社長に説得されたのですよ」

仲田は明るく言った。

「良一さんに？」

「社長とは大学は違うのですが、サークルの関係でよく知っていました。ある時、久し振りに出会ったら、マグロは面白いぞ、未来があるぞって熱心にくどかれてしまいました」

「彼にそういう他人を説得するような面があるんですね」

「藤川社長はおとなしそうに見えますが、なかなかの情熱家です」

「くどかれて後悔しているんじゃないですか。給料も下がったでしょう」

「給料は半分になりました。前は年収が八百万くらいありましたから、激減です。生活の安定だけを考えたら東京扶桑銀行を辞めたりはしません。こんな名もない中小企業、それも何時倒産するか分からない企業に勤めません。しかし、銀行と大きく違うのは、ここでは全ての能力が期待されます。人を動かし、組織を創り、効率化していくマネージメント能力をフルに活用しなければなりません。銀行時代にはなかった満足感が得られます。もはや銀行にいて虚栄心といいますか、世間体といいますか、そうしたものを満足させられる時代ではないのです。そういう意味で後悔はしておりません」

仲田が、屈託なく笑った。

「銀行時代にはなかった満足感ね……」

「銀行は人材を生かしきれていないと思います」

「鮪屋七兵衛商会は再建出来ると思いますか？」

「勿論ですとも」

仲田は力強く言った。

勇次は嬉しくなった。中小企業にとって人材は命より大事だ。こうして若い力がこの会社に参加しているということは再建の可能性があるに違いないということだ。このことを川島に十分認識させなくてはならない。

「支店長が来たら、彼に会って今の話をしてくれませんか。印象が好転するかもしれません」

勇次が言った。

「構いませんが、わたしよりももっと凄い人がいますよ。二歳先輩ですが、最大手生保の大日の人事部から来た人がいます」

「それは凄い。彼も社長に説得されたのですか」

「勿論です」

仲田は力強く言った。良一は、やはり七男の人を魅了してやまなかった血を引いているのだ。見直す気持ちになった。

「着きました」

仲田が言った。

白い壁の清潔そうな冷凍庫兼加工工場の敷地内に車は入って行く。冷凍車が何台も横付けになっていた。真っ黒に日焼けした男達が、荷物を忙しそうに運んでいる。

「木下さん、ようこそ」

元気のいい声で良一が車のドアを開けてくれた。銀行にいる時よりずっといい顔をしている。

「ありがとうございます」

勇次は足を踏み出した。

7

白い割烹着のような作業服を着用して耳まで隠れる帽子を被り、マスクを付ける。雑菌を工場に持ち込ませないためだ。川島は、それでも扇子だけは手放さない。説明は田村明彦という三十一歳の従業員が担当することになった。目鼻立ちのはっきりとした青年だ。

「彼は、大日生保から来てくれたのです」

良一が、嬉しそうに川島に囁《ささや》いた。帽子が耳を塞《ふさ》いでいるため、十分に聞こえたかどうかはわからない。

「それではここで長靴に履き替えて下さい」

白い長靴が人数分用意されていた。指示されるままにスリッパから長靴に履き替える。

田村が先頭で工場に入る。彼の後には川島が続く。勇次はその後だ。良一が勇次の傍に来た。

「大丈夫でしょうか」

良一が不安そうに勇次に囁いた。

「心配しても仕方ありません。ところで仲田くんから聞きましたけれど、若い人が来てくれているではないですか。頼もしいですね」

勇次は言った。目は先頭を行く田村を見ていた。

「そうなのです。こんな会社ですが、夢を信じてくれて。感謝しています」

良一が誇らしげに言った。

「田村くんに任せましょう。彼の説明が川島支店長の心を動かす事を期待しようじゃありませんか」

勇次は、良一の顔を見た。彼は唇を噛みしめて、頷いた。

工場の中に入る前には両手を消毒し、長靴を履いたまま洗剤の入ったプールを歩き、空気をジェット噴射するエアーガンが並んだ壁を通って衣服についた毛髪などを吹き飛ばさなくてはならない。

「なかなか厳重ですね」

川島が感心したように呟いた。

「食品工場ですから、当然です」

田村が言った。

やっと工場内に入る。十数人の従業員達が働いている。見学者だと分かると、気持ちのいい挨拶をかけてくる。その間も作業の手は休めない。

「あちらの窓から」

田村が工場の端を指差し、

「冷凍されたマグロが工場内のコンベアーに乗せられます」

見ると、白い霜に覆われたマグロが、次々とベルトコンベアーに乗せられている。

「マグロの種類は？」

川島が訊く。扇子でマグロを指している。

「マグロには、赤身のマグロと言われる本マグロ、黄肌マグロ、インドマグロ、メバチマグロがあります。それに最近はビン長マグロ、かじきマグロなども回転鮨のブームでよく食べられるようになりました。今日は畜養のインドマグロです」

「チクヨウ？　養殖のことですか？」

「そうです。これは日本人が開発した技術でオーストラリア、スペイン、クロアチアなどで小さなマグロを沖合の大きな生簀で養殖し、大きく育てています。安定的にトロが取れることや資源保護の観点からもマグロ生産の主流になっています」

説明の間もベルトコンベアーで次々と凍ったマグロが電動ノコギリで解体されていく。頭と尾を取り、四つ割りにして次の工程に運ばれる。まるで木工場にいるようだ。

「マグロは養殖が主流ですか」

「回転鮨などで、安価なトロの需要が増大しましたから養殖が主流になりました。畜養物は天然物の数倍もトロの部分が多いのです。ご覧下さい」

田村がマグロの胴体の裁断部分を川島に見せる。川島は盛んに頷いている。確かに丸いマグロの身体のほとんどが脂身だ。

「昔はマグロといえば天然物のみでしたから相場でかなりのブレがあり、相場次第で大儲けしたり、大損したりということがありました。しかし今や工業製品のようになりましたので、価格が安定しています。その反面、付加価値がつき難くなっています。ですから当社のような加工工場を持った会社の強みがあるのです」

田村は、淀《よど》みなく鮪屋七兵衛商会をＰＲする。川島の目が真剣味を帯び始めているように見える。

四つ割りされたマグロから、皮と骨が削り取られる。それを再び、電動ノコギリにかけ、形が整えられていく。四角に成形されたマグロは発泡スチロールの箱に詰められて出荷となる。

「これはどこに送られるのですか？」

「これはスーパーなどに送られ、そこで解凍され、更に加工されて、店頭に並びます」

「なかなか説明が巧いじゃないですか」

勇次は良一に言った。

「田村は、わたしの大学の後輩で同じサークルの男でした。大日生保で人事企画をやっていましたが、うちへ来てくれました。給料を一千万円以上取っていましたから、奥さんには今だに恨まれています。うちでは半分くらいしか払えませんからね」

良一は申し訳なさそうな顔をした。

次のブースへ移った。そこでは二次加工と言うべき作業をしていた。

「この大きな機械は、電子レンジみたいなもので、先ほどの成形したマグロの固まりを半解凍します」

田村は機械の前で説明した。

機械の側では、数人の従業員達が半解凍されたマグロの固まりを包丁で丁寧にカットしている。

「これはサクと言って、これでスーパーの店頭に並べられます。加工度を上げた注文にも応じることが出来ます。最近はスーパーでも内部で加工するところが少なくなりましたので、喜ばれます」

田村の説明に、川島は頷くばかりだ。なにを考えているかは、まだ分からない。

「あちらでは生マグロの加工を行っています」

田村の示す方向では、長い包丁を巧みに使用して、生のマグロを解体している。その解体したマグロを刺身状態に切って、パックに詰めていた。

「あれもスーパー用なのか？」

川島が質問を発した。

田村が軽く笑みを浮かべ、

「あれは回転鮨のネタとして使われています。切っているのは、ちゃんとした元鮨職人さんです」

「鮨職人ねぇ」

川島の表情はマスクに隠れて見ることは出来ない。

「用途に応じて加工しています。これだけ多方面に対応出来るのは、当社だけだと自負しております」

田村が自慢げに言った。

「しかしあれほど多く捨てていれば、コストが下がらないだろう」

川島が指差す方向にはまだ食べられそうなマグロの身が山のように積み上げられていた。田村を見つめながら、川島はコツコツと額を扇子で叩き始めた。

確かに無駄が多い、と勇次は思った。

「ご指摘の通りです」

田村は穏やかな顔で川島に言った。

「ご指摘の通り、と簡単に答えてもらったら困るな」

川島が顔をしかめた。

「こちらへ来て下さい」

田村は踵《きびす》を返すと、別のブースへと歩き始めた。川島と勇次は、田村の案内に従った。

田村が案内したブースでは、大きな丸いステンレス製の鍋が、ゆっくりと回転し何かを攪拌《かくはん》していた。その側では数人の従業員が、赤いすり身を計量しながら、次々とパック詰めしていた。

「ネギトロ用ですよ」

良一が勇次の耳元で囁いた。

田村が攪拌機を示しながら、川島に向かって、

「マグロは捨てるところが五十パーセントもあると言われています。これでは支店長がご指摘された通りコストが下がらず、ビジネスとして難しいと思われます。そこでわたしたちは、捨てていた部分、端材と言っておりますが、それを積極的に活用し、マグロ百パーセント活用という目標を掲げて工夫を重ねております」

「これはネギトロにするのだね」

川島が攪拌機の中を覗き込みながら言った。

「そうです。端材を集めて作っております。ただ当社のネギトロは端材ばかりでなく、先ほど丁寧にカットしていた上質のトロのサクも加えております」

田村は、ポケットからビニール袋を取り出した。その中からスプーンを取り出すと、ネギトロ

用のすり身を掬い取り、川島に渡した。

川島は、それを口に入れた。

「……」

川島は、無言で口を動かしている。

「木下さんもどうぞ」

田村は別のスプーンに掬ったネギトロを勇次に渡した。

「うん。なかなかいけます」

勇次は大きな声で言った。川島の反応が鈍いからだ。

「そうでしょう。これが一パック百円ですから、当社の人気商品に育っております」

良一が胸を張った。

「そうですか」

川島は、軽く返事をしたが、

「これだけですか。端材の有効活用は？」

「いえ、マグロ百パーセントの理想のためには、まだまだです。こちらへ」

田村が歩き出した。その先には部屋があった。その部屋のドアはぴったりと閉められていた。

中に入ると、

「こんにちは」

と元気な声がした。そこは大学の理科系研究室のようにフラスコやビーカー、シャーレなどがところ狭しと並べられ、培養器らしき機器類やコンロ、鍋まであった。

テーブルの上の皿には、刺身やネギトロ、ハンバーグ、フライなどが並べてある。

白い服を着た研究者らしき青年が、二人、にこやかに笑みを浮かべて立っていた。

「伊藤と大木です。伊藤はD調理師専門学校で講師をしていました。大木は大手ドラッグストアーチェーンで店長兼薬剤師をしていました。二人とも新製品開発のために、当社に来てくれました」

良一が、二人を紹介した。

勇次は驚いていた。古い体質の魚屋でしかないと考えていたのに優秀な若者が鮪屋七兵衛商会の経営に参画している。それも一流企業からのスピンアウト組ばかりだ。

「こちらへどうぞ」

田村は川島と勇次をテーブルに案内した。

伊藤と大木が田村の側に立った。

「ここでは色々と新製品を開発しています。たとえばこれは新鮮さを保つために加工したものです。召し上がって下さい」

田村が皿と箸《はし》を川島に渡す。川島は刺身を摘んだ。

伊藤が進み出て、

「魚は刺身にすると、ドリップと言って水分が時間と共に外へ流れ出てしまいます。そのため数時間もするとパサついて売り物になりません。またわたしたちのような加工業者もユーザーにお届けした時に新鮮さをどう保つかが課題でした。それで当社独自の加工処理をしましたら、ドリップの流出が防止できたのです。またこの加工をすると従来刺身用には利用できなかった部位の肉がトロの味に変わることも分かりました。旨味が逃げないからです。いま召し上がっていただいているのも端材の部分です」

「トロと変わりない」

川島が呟いた。

勇次もその味に驚いた。高級トロの味と歯応えだ。

「これは鮪屋七兵衛商会のブランドで近く売り出します」

伊藤が誇らしげに言った。自分たちの開発を世に問う喜びを素直に顔に出している。

「その他、マグロハンバーグ、フライなども召し上がって下さい。結構いけますから」

田村が、川島に勧めた。川島は熱心に箸を出し、それらを次々と口に入れた。

「ところで刺身やハンバーグも美味しいが、この醬油がなんとも言えないこくと旨味があるが……」

川島は醬油をつけた指を嘗《な》めた。

「気がつかれましたか」

田村が笑みを浮かべて、

「それはマグロの骨からダシを採って作ったダシ醬油なのです」

「マグロの骨？」

「捨てるしかない骨を利用しました。これは鰹よりいいダシが出ます。現在、醬油メーカーと共同で開発中です」

「マグロだしねぇ」

川島はまた醬油を嘗めた。

「ところで田村くん、きみはなぜ大日生保を辞めてここに来たの？　年収は相当減少しただろうに……」

川島が刺身を口に入れながら、訊いた。

「大日生保では人事の企画として、報酬の規定などを作っておりましたが、所詮内部資料づくりだけです。わたしはその企業でしか通用しない人間になるより、どこでも通用する人間になりたいと思いました。当社では各個人が何でもやらねばなりませんし、それぞれの存在価値が極めて大きいのです」

「よく分かったが、奥さんが反対しただろう」

「ええ、そりゃもう大変でした。なにせ一千万円以上あった年収が、半減するわけですから。一ヶ月間、子供を連れて実家に帰ってしまいました。今では、パートをしながら、わたしを支えてくれております」

田村は微笑した。

「そうか……」

川島は感慨深げに呟き、

「伊藤くんも大木くんも前職より、ここが魅力的なのかね」

「この会社では自分の役割が大きい。会社全体の中で、どこに自分がいるかが分かるのです」

伊藤が言った。

「マグロの可能性に賭けてみないかと、藤川社長に言われまして……。面白いかなと」

大木が照れたような顔をした。

「東京扶桑銀行出身の仲田くんという社員もいます」

勇次が言った。

「ほう、どこの支店かな？」

「福岡支店が最後だったようですが」

「やはり銀行よりマグロの方が魅力的だと言っているのですか？」

「彼は、世間体、虚栄心、そうしたものを満たすだけなら銀行員のままがいいと言っていました」

「そうですか」

川島は独り言のように呟いた。

8

重苦しい空気が漂っていた。勇次はじっと川島を見つめている。隣に座っている良一は頭を抱えている。牧岡がそわそわと落ち着かない様子で、眼鏡のレンズをハンカチで拭っている。

「それが結論ですか」

勇次が口を開いた。

川島が無表情に頷いた。

「あなたは冷凍庫兼加工工場を見たじゃないですか。若い人達が意欲を持ってこの会社の立て直しに努力している。それを自分の目で確かめたでしょう」

勇次が川島を責めた。

川島は目を閉じ、いつものように扇子を額に押し付けている。額のその部分が赤くなっている。

「このまま彼らの夢を打ち砕いていいのですか。あなたにそのような権限があると思っているのですか」

勇次は怒りが込み上げてきた。

仲田や田村らの顔が浮かぶ。ここは一歩も引くわけにはいかない。彼らの夢を全身に背負っている気がした。この男に彼らの夢を打ち砕く権限があるというのか。あるとすれば、そのような大それた権限を誰が彼に与えたのだ。

「見学からお帰りになった時、支店長はいい冷凍庫兼加工工場だったとおっしゃっていたのですが……」

牧岡が、聞こえるか聞こえないか程度の小さな声で呟いた。

川島は目を開け、勇次を見据え、

「木下さん、あまり感情的なことを言わないで頂きたい。わたしの役割は、あくまで安全に資金を貸出運用することだ。それ以外にはありません」

勇次は、川島の言葉を無視して、

「あなたには銀行員としての夢はないのですか。企業を再建するという熱い思いはないのですか」

「そうした議論には与《くみ》しません。鮪屋七兵衛商会は、思いのほか藤川社長のリーダーシップが発揮され、人材も厚くなっている。また新製品にも期待できる。だからと言って目先の収益が確保できるかは不透明極まりない。設備投資を含めて百億円もの借入れをどうやって返済して行くつもりなのか。ビジョンがたたない」

川島は表情を変えない。

「当たり前過ぎる答えです。どうやったら業績が向上し、返済できるのか、それを考えるのが銀行でしょう。大企業ばかりでなくこうした中小中堅企業にも債権放棄などの手段も考えるべきじゃないですか」

「そんなことをしたら、藤川社長に経営責任をとってもらうことになります」

「商工中金がなんとか一億は出すと言っています。お宅が一億五千万出してくれれば、なんとかなります。支援して下さい。お願いします」

商工中金とは商工組合中央金庫と言い、政府系の中小企業専門銀行だ。

「商工中金は政府系です。支援もするでしょう。しかし当行は当行の考えで動きます。当行は不良債権の償却原資を確保するために増資までするんです。こんな時に、不良化の可能性がある貸出は出来ない」

川島は扇子でテーブルを強く叩いた。硬い音が響いた。

「銀行は中小企業の足を引っ張るばかりです。あなたは自分の目で見たでしょう。彼らの熱い仕事振りを。あの熱い思いがあれば、企業の再建は出来ます。あと必要なのは銀行の協力だけです。頼みます」

勇次はテーブルに頭を擦り付けた。屈辱的な思いがしたが、構ってはいられない。土下座をしろと言われれば、それさえする覚悟だった。

「本部が了解しない。それにまた金融庁の検査で文句を言われるだけです。なぜこんな融資をしたのかね、収益見通しも甘いではないかと」

川島は口元を歪めた。

「なんでも金融庁と言えば済むと思っているのですか。それでは自らの判断を捨て去った無責任な姿勢じゃないですか」

勇次は言い放った。

沈黙が続いた。勇次は川島を睨みつけた。牧岡は、盛んに眼鏡の汚れをハンカチで拭っている。良一は俯いたままだ。工場にいた時のようなはつらつさはない。

「わたしが五千万を集めます。残りの一億だけでも融資していただけないでしょうか」

良一が、俯いたまま小声で言った。力はない。川島に声が届く間に消えてしまいそうだ。

勇次は、驚いて良一の顔を見た。声は消え入りそうだが、横顔には必死さが浮かんでいた。目を見開き、唇が細かく震えていた。

「大丈夫なのですか。そんなことを約束して」

勇次が訊いた。

良一が顔を上げ、勇次を見た。目が赤い。

「銀行にしか頼れない自分が情けないと思います。幾らかでも自分で用意する誠意を見せれば、支店長にもご理解いただけるかと……」

勇次は川島に向き直り、

「どうですか。藤川社長も努力します。あなたも考え直してくれませんか」

「どのようにして五千万も集めるのですか」

川島は良一に訊いた。

「今のところ考えはありません。でも知り合いなどに協力を求めます。もし当社に可能性があったら、投資してくれる人もあると信じます」

良一は、まっすぐに川島を見つめた。川島は良一の視線の強さを避けて、牧岡を見た。

「どう思う？」

川島は牧岡に訊いた。

「審査が、集めた資金を返済に回せなどと言って来る可能性は否定できませんが……」

牧岡は注意深く、川島の顔を見て言った。黒縁眼鏡の中の目が怯えていた。自分の答えに自信が持てないのだ。

「まさか……」

良一は、牧岡の発言に絶句した。

「銀行は、自力で集めた資金まで、返済に回そうと考えるのですか」

勇次が、怒りを押し殺して訊いた。

「それくらいは考えるでしょう。わたしがやるかどうかは、別ですが」

川島はこともなげに言った。

「もし本当に資金が集まったら、審査を説得する材料の一つにはなります」

牧岡が注意深く言った。良一に期待感を抱かせないようにしているのだろう。

「増資資金を集められるというのは、他人から評価されているという証明だからね。評価されている会社をわざわざ潰すことはないだろう。そういう判断もあるな」

川島は言った。そして勇次を見て、

「ねえ、木下さん、これってわが東京扶桑銀行と同じですなぁ。わたしらも増資資金を集められたら、お客から評価されているというお墨付きを得ることになるわけですから」

自虐的に笑った。

勇次は川島の哀しそうな笑いに銀行の置かれている状況を見た思いだった。

「やってみて下さい。五千万円集められたら、残りの一億は融資出来るよう本部に諮ってみます。でも確約はできません。本部がノーと言うかもしれません。糠《ぬか》喜びしないように」

川島は良一をジロリと睨み、扇子でテーブルを叩いた。

「頑張ってみます」

良一が唇を引き締めた。

「ただし、時間はありませんよ」

川島は冷たく言った。

9

午前四時。

勇次は築地市場の中に入った。

築地市場は人でごった返している。狭い通路を挟んで、ずらりと魚屋が並んださまは壮観だ。栃原のような大物と呼ばれるマグロの専門店や特殊物と言って鮨種などを扱う店、蛸専門、鮮魚専門、乾物専門などなどそれぞれが得意分野を競い合っている。

築地市場は扇型をしており、そこに約九百もの仲卸の店がひしめきあう。それぞれが東京都の鑑札を入手し、鑑札一枚に付き一店舗で商うことが出来る。

「おはようございます」

勇次が栃原に挨拶をする。

「眠いでしょう。市場に入るのは、初めてですか」

栃原が訊いた。

「昔、七男社長に案内して貰って以来です」

っと目に入った。明かりの消えた店舗が、ふと目に入った。


「じゃあかなり久し振りですね」

勇次は懐かしそうに市場内を見渡した。明かりの消えた店舗が、ふと目に入った。

「あそこが暗くなっていますね」

活気に溢れた中に、ぽつんと明かりの消えた場所がある。そこだけは暗く、かび臭い匂いが漂って来そうだ。

「この不景気で夜逃げしたんですよ。同じ大物仲間だったのですがね」

「鑑札を売って返済はできなかったのですか？」

「そんな少ない借金じゃありませんよ。調子のいい時に、鑑札担保に幾らでも借りられたものだから、マンションやビルを建てちまって、それでおじゃんですよ」

栃原は如何にも情けないといった顔をした。

バブル期に銀行は高騰した鑑札を担保にして仲卸たちに不動産投資をさせた。ところが鑑札は市場外で流通するものではなく市場の中だけの権利だった。単なる東京都の許可証であり、本来、売買は認められていない権利だったのだ。その価値が下落した時、銀行は慌てて処分しようとした。ところがたとえ運良く処分できたとしても、処分金額の回収優先権は、魚を卸している大卸という市場内の商社にあった。彼らが回収してから、残りを銀行が受け取る仕組みだ。それが市場のルールだった。これは生産者に生産代金をきちんと支払うという市場の機能から由来しているものだ。下落した鑑札の処分代金からは銀行に配当金はない。かくして無担保になった銀行は厳しい取立てに明け暮れることになった。それで夜逃げをする仲卸が後を絶たない。

「魚だけをやっていれば良かったのに」

勇次が顔を曇らせた。

「魚屋が魚以外のことに手を出してうまく行った試しがない」

栃原が吐き捨てた。

「昔の方が活気があったような気がします」

「昔は、人で溢れかえっていましたから。今では大手スーパーなどが市場を通さずに買うことが多くなりましたからね。客が減りました」

「時代は確実に変化している。大変ですね」

「ちょっとセリを見に行きますか」

栃原は、従業員に、ちょっとセリに行くと声をかけると歩き始めた。勇次は遅れないようにその後に続いた。細い通路は人だかりがしており、その波に押されないように、巧みに歩かねばならない。結構、神経を使う。ましてや目に入る物が全て珍しいと来ている。どうしても通路の両脇にある店の魚をきょろきょろと見てしまう。

「あぶない！」

栃原が勇次に向かって叫ぶ。その声に驚いて立ち止まると、目の前を魚の木箱を山と積んだターレーと呼ばれる一人乗り自動荷車というべき市場独特の乗り物が、走って行く。

「きょろきょろしていると撥《は》ねられますよ」

栃原が笑っている。

「荒っぽいですね」

「市場は時間との勝負みたいなところですからね。みんな忙しい。昔、あのターレーに撥ねられて腰の骨を折った銀行の支店長がいましたよ」

「わざと撥ねたんじゃないですか」

「そうかもしれない。みんな借金で、その支店長のこと嫌っていたから」

栃原は豪快に笑った。

勇次は川島のことを思った。彼なら何回も撥ねられそうになったに違いない。

勇次は周囲に注意を払いながら歩いて行く。

「着きましたよ」

栃原の声に、おおっ、と思わず勇次は感嘆の声を発した。そこにはつやつやと黒く光り、まるまると太ったマグロが一面に並べられていた。セリ場は大卸ごとに設けられており、その日に大卸が市場に出すマグロだった。

「これはそれぞれ大卸が良いと思う順番に並べられているのです」

栃原の説明にマグロを見ると、クロアチアやスペインなど産地の名前や天然か養殖かの表示がしてある。それらを帽子に鑑札をつけた何人もの仲卸が、一本、一本見て回っている。

セリ場には大卸のセリ人が立っていた。手には資料とペンを持っている。彼の前に、仲卸が集っている。きっと並べてあるそれぞれのマグロの値段を言っているのだろうが、聞き取れない。リズムのある呪文みたいなものだ。それに合わせて仲卸が、指で数字を作り高く手を上げる。その指の形も約束ごとがあり、どの形が幾らなのかは分からない。セリ人のリズムに酔っていると、次々とせり落とされていく。

「面白いでしょう」

栃原は、笑みを浮かべて言った。

「セリ人が、何を言っているのか分かりませんが、あの声を聞くと、なんだかうきうきして来ますね」

勇次が顔を綻《ほころ》ばせた。

「ああやって物凄いスピードでせっていますが、金払いの悪い仲卸には落とさせないように細心の注意を払っているのですよ」

栃原の説明に勇次は感心した。とてもそんなことに注意を払えるようなスピードではないからだ。

「社長、おはようございます」

「おはよう」

次々と仲卸仲間が栃原に声をかける。

「ここにいる仲卸連中も、七男社長には世話になった奴が多いのです」

「そうすると今回の鮪屋七兵衛商会の金集めについても協力してくれますか」

勇次は、良一が言いだした五千万円の増資資金集めの相談に栃原を訪ねたのだ。

「みんな不景気ですから、協力してくれるかどうか分かりませんが、七男社長の恩に報いようという奴は必ずいます」

「そうだといいのですが」

勇次はセリ人の声を聞きながら呟いた。

「そろそろ皆が鮨屋に集っていますから、そこへ行きますか。何人か協力してくれそうな連中を集めてあります」

栃原は、歩き出した。

勇次は、遅れないようにとついて行った。

しばらく歩くと、食堂が多く並んでいる通りに出た。鮨屋やとんかつ屋、カレー屋、定食屋などが軒を連ねている。早朝にも拘らず観光客らしき人達が荷物を抱えて歩いている。ここは市場で働く人達が食事をするところだ。ネタが新鮮で旨いとテレビや雑誌に取り上げられ、観光客が来るようになった。

栃原はずらりと観光客が入り口に並んだ人気のある鮨屋に裏口から入った。そこはカウンターだけの店だった。

「いいのですか」

勇次は、入り口に並んでいる観光客のことが気になった。

「大丈夫です。ここは市場の人間優先なのですよ」

栃原は悪びれることなく中に入った。

「いらっしゃい」

カウンターの中から威勢のいい声がした。

既に何人かの男達が席についていた。

「待っていたぞ。ここに座れよ」

既にビールを並べて呑んでいる屈強そうな男が声をかけてきた。

「鮪屋七兵衛商会のことで、相談があるんだって」

別の男が声をかけて来た。

「ここにいるのは皆、七男社長に世話になって独立した連中ばかりです」

栃原は勇次に言った。

「木下勇次と言います。縁あって良一社長の相談相手を務めております」

勇次は頭を下げた。

「とりあえず呑んでからだ。難しい話はその後だ」

別の男が叫んだ。勇次は目の前にあったグラスをその男に差し出した。男は、勇次のグラスをビールで満たした。勇次はそれを一息で呑み干した。ほう、と大きく息を吐き、男たちを見渡した。

さあ、説得しなくては。

勇次は、勢いよくカウンターに空のグラスを置いた。

10

「今日は一体何の話なのでしょうか」

良一は不安そうな目で勇次を見つめた。

良一に昨日突然、牧岡から電話があった。明日、支店に来いという連絡だった。内容は一切告げられなかった。

「増資資金の集まり具合でも訊くつもりかな」

勇次は呟いた。

良一はこうして支店長室のソファに座っていると、いつも死刑を宣告されるのではないかと不安になる。

「増資については従業員に声をかけました。感激しました。田村が音頭をとってくれて、皆でなんとかしようって」

良一は嬉しそうな笑顔を見せた。

「それはよかった。で、幾ら集まるのですか？」

「従業員からは五百万円ぐらいです」

「五百万か……」

「それでも皆からしたら少ない給料から出してくれるものですから、嬉しくて」

良一はうっすらと涙を浮かべた。

「まだまだですね。栃原社長からは何か連絡はありましたか」

「今のところはありません」

「お父さんに世話になったという仲卸の社長達に声をかけてくれました。皆、熱心に聞いてくれました。鮪屋七兵衛商会を無くすわけにはいかないと怪気炎を上げる人もいたくらいです。期待してもいいのじゃないですか」

勇次は一昨日の鮨屋での集まりを思い出した。栃原と勇次の協力要請に、反対する者はいなかった。築地の仲卸の男意気を銀行に見せてやれ、と言う者もいた。勇次は嬉しくて、ビールを朝っぱらから何本も空けてしまったほどだった。

「皆様には申し訳ないことです。どこも不景気で苦しいでしょうに。それに、わたしはなにも栃原さんたちにしておりませんし……」

七男の下で働き、独立した仲卸たちに良一は不義理をしていた。栃原に対してと同じく敵視していたのだ。

「皆、あなたが心を開いて、自分達の仲間になって七男さんのように立派になることを望んでいるのですよ」

勇次は良一を慰めた。

良一は、鼻をぐずらせた。

「お待たせしました」

川島が扇子で頭を叩きながら、入って来た。牧岡も一緒だ。

川島は不機嫌そうな顔で、身体を投げ出すようにして勇次の前に座った。この顔から見て、悪いことのようだ。良一も気配を察知して硬い顔になった。

「わざわざお呼び立てして申し訳ありません。増資は順調ですか」

川島は訊いた。

「もう少し待って下さい。今、がんばっているところです」

勇次は答えた。

「そうですか……。ところで今日、お呼びしましたのは他でもないのですが、やはりお宅に対する債権をRCCに売却することといたしました」

川島は、神妙な顔で勇次と良一の顔を交互に見た。

「なんですって。約束が違うじゃないですか」

良一が、叫んだ。

その時、突然、「支店長、いるか！」と大きな声が聞こえてきた。

「社長、今、支店長は来客中です」

女子行員の悲鳴に似た声も聞こえる。

「だれだ。牧岡、見て来い」

牧岡が立ち上がった時、支店長室のドアのところに大きな黒い長靴が見えた。

「支店長！」

「栃原さん。それに大栄水産さん、尾久水産さんもどうしたのですか」

勇次は、日焼けした屈強な男達が、作業着に長靴という市場で働く姿そのままで現れたのを驚きの目で見た。

「どうしたのですか、皆様お揃いで」

川島は慌てた様子で言った。

「どうしたもこうしたもない。支店長、俺達を苛めるばかりでなく俺達の故郷である鮪屋七兵衛商会も苛めているそうじゃないか」

栃原は声を荒げた。

勇次は栃原の顔を見上げた。隣に座っている良一も栃原を見つめていた。

「苛めるだなんて……」

川島は栃原に向かって、大きく頭を振った。

「何を言っている。倒産に追い込んでいるという話を聞いたぞ」

大栄水産と尾久水産が川島に迫った。

「鮪屋七兵衛商会は、ここにいる我々ばかりではなく多くの築地鮪屋の故郷だ。それを貸し剥がしで追い込んだら、この築地では商売できないぞ」

栃原が川島に言った。

「ちょっと待ってください。実は……」

川島は泣きそうな顔になった。ほとほと困ったようだ。

「支店長。これを見てみろ」

栃原は、手に持った風呂敷包みをテーブルに置いた。テーブルに置かれた感じから、ずっしりとした重みが感じられた。

「これは？」

川島が風呂敷と栃原を交互に見た。

「開けてみろ」

栃原が川島に言った。

川島が、緊張した顔で包みを解いた。

「あっ」

川島が、声を上げた。

包みがはらりと広がると、一万円札の束が現れた。

「これは？」

川島が、栃原に訊いた。

「五千万円ある」

「五千万円！」

川島が驚いて声を上げた。

栃原が良一の方に顔を向け、

「良一君」

良一は栃原の呼びかけに、はっとして姿勢を正した。

「この金は七男社長にお世話になった連中が、君に使って貰いたくて集めたものだ。これが築地の心意気、人情というものだよ」

栃原が言った。

良一の目から瞬く間に涙が溢れ出た。感激で身体が震えている。

「よく集められましたね。五千万円集めたら、運転資金を融資するという支店長の条件はこれでクリアできた」

勇次が晴れやかに言った。

「その通りだ。これで融資を渋ったら、承知しないぞ。お前の銀行も増資するらしいが、もし鮪屋七兵衛商会を支援しないなら、増資には協力しない」

栃原は川島を睨んだ。

「それとこれとは別物でしょう」

川島が情けなさそうな声を出した。

「別物じゃない。頼む時ばかりいい顔しやがって、こちらが頼む時には、そっぽを向くのが銀行だ。築地にはそんな不人情な銀行はいらない」

栃原が強く言った。勇次と良一は息を呑んで川島の次の言葉を待った。

11

川島が口元を引きしめ、厳しい顔をしている。

「これだけの築地の人達が応援しているのに、まだ貸し渋るつもりですか」

勇次は怒りの声を上げた。

「木下さんも、栃原さんも、怒ったり興奮したりしないで聞いてください」

川島が勇次や栃原を見た。

「支店長が何か言いたいらしい。聞いてやろうじゃないか。ろくでもない話だったら、取引は止めだ」

栃原が大声で言った。大栄水産と尾久水産が大きく頷いた。

「落ち着いて聞いて下さい。当行は鮪屋七兵衛商会を再建することを決定しました。そのために当行債権をＲＣＣに売却します。いい知らせです」

川島は、厳しい顔を綻ばせた。

「うちの再建のために？　どういうことですか」

良一が訊いた。

「牧岡くん、説明してあげてください」

川島は牧岡に指示した。牧岡は、はいと返事をして勇次と良一の前に数枚の書類を並べた。栃原たちもその書類を覗きこんだ。

「これは、中小企業再生型信託スキーム、別名、ＲＣＣ管理信託というものです」

「どういうものですか」

良一は身を乗り出した。再生型という言葉が気にかかるのだ。

「ＲＣＣは本来債権を回収するための機構ですが、世間の企業再生の流れを受けて企業再生ファンドを立ち上げたのです。このファンドを利用して企業を再建しようとするものです。当行は、この方法で鮪屋七兵衛商会を再建することを決定しました」

「具体的には？」

良一が真剣な顔で訊いた。

「鮪屋七兵衛商会の債権をRCCに信託します」

「そうなれば東京扶桑銀行とは、取引がなくなるではないですか」

「違います。当行とお宅とRCCで再建計画を練り上げ合意すれば、その信託された債権をまた当行が買戻すのです」

「難しいですね。よく分かりません」

「お宅が再建可能だとRCCが判断したら、お宅に対する当行の債権の適正価格を計算してRCCファンドが買い取ります。例えばそれを百億円の三分の一としますね……」

「約三十億円？」

「そうです。その額でRCCファンドが買い取ります。そして次に当行がまたそれを三十億で買い取って、新たにお宅と取引を始めるのです。これでお宅の百億円の借入金は三十億円に減少します」

「どうしてそんな回りくどいことをするのですか」

良一が首を傾げた。上手い話には何か毒があるのではと疑っている顔だ。

「当行は、こうすることで差額の七十億を無税償却ができます。またお宅にも贈与税がかかりません。私的に債権放棄などを実施しても無税償却できなければ、当行にメリットが無いため二の足を踏んでしまいます。また債務者側にも巨額の贈与税がかかってしまい、税金が払えなくて再建が頓挫《とんざ》してしまいます。しかし、このファンドに売却することでそうした問題がクリアされるのです。これでお宅は過剰債務から解放され、当行にもメリットがあります」

鮪屋七兵衛商会は破綻懸念先となっているため七〇パーセント近い引当金を有税で積まねばならない。税率を四〇パーセントとすると仮に債権を全て無担保の百億円とすると七十億円を引当金として利益留保したあげくに、その四〇パーセントの二十八億円の税金を納めねばならない。そうすると合計九十八億円もの資金が無駄に眠ってしまうことになり、銀行には大きな打撃なのだ。それをこの再建ファンドを利用することで無税償却となれば、二十八億の税金が戻ってくるばかりでなく、鮪屋七兵衛商会が再建され、正常先になれば引当金もぐっと少なくて済むようになる。

牧岡の説明が終わった。

「先ほど支店長は難しい顔をされていたから、どうなることかと思っていました」

勇次は言った。

川島は笑いながら、

「いい話なので、少し冗談をしました」

「からかったのですか。支店長も人が悪い」

「申し訳ない」

「これはいい話なのですね」

勇次が念を押した。

「間違いなくいい話です」

川島はテーブルを扇子で叩いた。乾いた音がした。

「どうしてこんな話が舞い込んできたのですか？」

勇次が訊いた。

「冷凍庫兼加工工場の見学の後、何かいい方法がないか、ずっと考えていました。そうしましたらＲＣＣの方から、再建可能な中小企業があれば、こういう新しい試みをするので、ぜひ適当な企業を紹介して欲しいと言われたのです」

「それで紹介したのですか？」

「審査部から鮪屋七兵衛商会がいいのではないかという話がきたので、すぐに申請したのです。RCCは初めての試みらしくて、意欲的です」

「産業再生機構の中小企業版みたいなものですね」

「そう思って頂いて結構です。これがうまくいけば家業再興できますよ」

川島は良一の顔を見て、笑みを浮かべた。

良一は興奮していた。川島が鮪屋七兵衛商会を再建可能と判断してくれていたことが嬉しかったのだろう。

「支店長。よくは分からないが、いい事みたいだな。なんでもいいが、とにかく鮪屋七兵衛商会を立て直せるんだな」

栃原が、大栄水産と尾久水産に目を遣りながら訊いた。

「そういうことです。銀行もたまには良い事をするでしょう」

「まあな」

「まあな、はないでしょう」

川島は笑った。

「これからどうすればいいのですか」

勇次が訊いた。

「この方法を了解して頂ければ、監査法人の監査を至急受けて頂きます。この監査で変なものが見つかれば、お終いですが、大丈夫ですね」

川島が笑顔を消して、ジロリと良一を見た。濃い眉が動いた。

「もちろんです。決算だけはきちんとしています。ごまかしなどありません」

良一は胸を張った。

「それは心強い」

「他には？」

勇次が訊いた。

「後は他行です。お宅の場合、商工中金の説得ですな」

「説得というと？」

「政府系金融機関は、こうした私的整理の際の債権放棄を認めていないのです。財政投融資資金を原資にしているせいでしょうね。財政資金の放棄は認められないということです。最近、同じ政府系の政策投資銀行などが、ようやく債権放棄に応ずるようになってきましたが、商工中金はまだなのです」

「説得できなければどうなるのですか」

「当行だけで再建して行くかを検討します。しかし商工中金の協力があれば再建の可能性が高くなります。同じ政府系だから、ＲＣＣも説得に当たってくれるでしょう」

川島は顔を少し曇らせた。

「商工中金は中小企業のための銀行だ。なんとか協力してくれるだろう」

勇次は良一に向かって言った。

「支店長」

良一は川島を見つめて、

「ありがとうございます。当社を再建の可能性があるとお認めいただいただけでも感謝の気持ちでいっぱいです。支店長は思ったより優しい人なのですね」

「そんなことはありませんよ。わたしはＲＣＣ再建ファンドを当行でいの一番で活用する名誉に浴したいだけです。絶えず自分の支店の業績を考えていますからね」

川島が偽悪的に言った。

「支店長は、審査部に何度も何か良い再建手段がないかと足を運ばれていたのですよ」

牧岡が、首をすくめながら言った。

「こら、あんまり余計な事を言うな」

川島が照れながら、牧岡を叱った。

「こんどは、わたしの会社の借金を棒引きにしてくれよ」

栃原が豪快に笑った。

「勘弁して下さい。銀行が倒産してしまいますよ」

川島が真面目な顔で言った。

「冗談だよ」

栃原が笑った。

その笑顔に勇次もつられて笑った。良一の顔に明るさが戻っていた。

12

「それにしても築地の人情には感銘を受けました」

川島は、目の前の五千万円を見つめた。

「この金は不要になったたってことかい」

栃原が訊いた。

「藤川社長、皆さんの心のこもったお金だ。喜んで増資に使わせてもらうといいでしょう」

川島は良一に言った。

「それがいいと思います」

勇次が言った。

「わたしもそうしてもらえると有り難い」

栃原が言った。

「ありがとうございます」

良一は何度も頭を下げた。肩を揺すりながら、嗚咽《おえつ》している。

「礼を言うのはこっちの方さ。人情も薄くなり始めたなと感じていたが、築地の良さを皆で取り戻せたよ。鮪屋七兵衛商会を助けようと皆が纏《まと》まった。わたしも嬉しい。この金は必ず生きるように使ってくれ」

栃原の言葉に、良一は声に出して泣いた。

「おい、牧岡、早く一億五千万円の手形を持って来い。運転資金を実行するぞ」

川島が牧岡に命じた。

牧岡は、はい、と大きな声で返事をした。

「すぐ持って参ります」

牧岡は席を立った。突然、ドアのところで立ち止まり川島を振り返ると、

「二億円の借り入れ手形の書き換えも、用意していいですね」

「あたりまえだ」

川島が大声で言った。

「了解しました」

牧岡は支店長室を飛び出して行った。

「良一さん、田村くんや仲田くん達に連絡してやりなさい。皆が応援してくれているから、死にもの狂いで働けってね」

勇次が言った。田村や仲田達の屈託のない笑顔が浮かぶ。

良一が涙を拭っている。嬉しそうな顔だ。

銀行が提案して来たRCC再建ファンドを使うスキームは、まだまだこれから紆余曲折があるだろう。しかし銀行は本業がしっかりしていて志が高い企業の再建には、確実に力添えをしてくれるようになってきた。中小企業の再建こそが、日本経済を復活させる道だと気づき始めたのだ。

「良一さん。家業再興ですよ」

勇次は良一の肩を叩いた。

「はい。必ず、家業を再興してみせます」

良一は力強く頷いた。もう泣いてはいない。立ち上がって栃原の前に進み出た。深々と頭を下げた。

栃原は良一の手を取り、強く握り締め、

「オヤジ、良一さんは立派な後継者だぞ」

と絞りだすように呻き、涙で顔を濡らした。

「鮪屋バンザイ」

勇次が笑顔で言い、手を叩いた。川島も勇次に合わせて拍手する。濃い眉を嬉しそうに上下させた。

【初出】

「復讐総会」………「小説新潮」二〇〇二年九月号に掲載後、加筆訂正
「奪われた志」……同二〇〇三年四月号「剝奪銀行」に加筆訂正し、改題
「名誉ある死」……同二〇〇三年十二月号に掲載後、加筆訂正
「堕ちた歯車」……同二〇〇三年八月号に掲載後、加筆訂正
「家業再興」………書下ろし

復讐総会《ふくしゅうそうかい》

二〇〇四年二月二〇日　発行

著　者……江上《えがみ》剛《ごう》
発行者……佐藤隆信
発行所……株式会社新潮社
東京都新宿区矢来町七一
郵便番号　一六二―八七一一
電話　編集部〇三―三二六六―五四一一
読者係〇三―三二六六―五一一一
http://www.shinchosha.co.jp

印刷所……大日本印刷株式会社
製本所……大口製本印刷株式会社

ISBN4-10-451903-0　C0093

非情銀行　江上剛

「君たちはコストだ」。進むリストラ、さらに力を増す闇の勢力……。メガバンク誕生の裏で何が起きているのか。現役支店長が書いた、銀行エンターテインメント！

起死回生　江上剛

一方で貸し剝がし、他方で不正融資。モラル崩壊のメガバンクの内と外から、人間の誇りを賭けた闘いが始まった。著者の経験が生きる銀行エンターテインメント。

指揮官たちの特攻
幸福は花びらのごとく　城山三郎

最初の特攻を指揮した関行男。玉音放送の後に散華した中津留達雄。同期生だった二人の人生を対比しつつ、男たちのやるせない日々、遺族の長く切ない戦後を描く。

不《ふ》撓《とう》不《ふ》屈《くつ》　高杉良

一介の税理士が国税当局を訴えた！　メンツを潰された官僚たちは卑劣な攻撃を仕掛ける――国家権力に抗した男の苛烈な半生を描く、勇気と感動の実名経済小説。

一勝九敗　柳井正

山口生まれの内気な一人息子が、家業の紳士服店を「ユニクロ」に育て上げるまで。数え切れぬ失敗の歴史と独自の経営哲学を惜しみなく公開する。意欲ある働く人へ。

藍色のベンチャー（上・下）　幸田真音

幕末の彦根で当時の最先端産業、染付の陶磁器窯を起業した男がいた！　商いの醍醐味、職人の誇り、官と民の闘い、夫婦の情愛を丹念に描いた著者初の経済歴史小説。